曹艳阳

著

我遇见你

中国文史出版社

图书在版编目（CIP）数据

我遇见你／曹艳阳著. --北京：中国文史出版社，2020. 10

ISBN 978－7－5205－2329－5

Ⅰ.①我… Ⅱ.①曹… Ⅲ.①长篇小说－中国－当代 Ⅳ.①I247.5

中国版本图书馆 CIP 数据核字（2020）第 184064 号

责任编辑：金硕

出版发行：**中国文史出版社**

社　　址：北京市海淀区西八里庄路 69 号院　　邮编：100142

电　　话：010－81136606　81136602　81136603　81136605（发行部）

传　　真：010－81136655

印　　装：北京温林源印刷有限公司

经　　销：全国新华书店

开　　本：660×950　1/16

印　　张：15.25

字　　数：200 千字

版　　次：2021 年 1 月北京第 1 版

印　　次：2021 年 1 月第 1 次印刷

定　　价：52.00 元

第

1

章

村长的爱情

黑灯村，一座古老宁静的小山村。古村落的人们日出而作，日落而息，波澜不惊，静如处子。

古村落百年的宁静，却让一个叫菊花的女人和一个叫顺子的男人荡起了涟漪，久久不散。

菊花可是黑灯村里拔尖的美人，美得让人惊心动魄、魂不守舍。村里白发飘飘的爷们儿见了她，胡须都要颤几颤。菊花长到18岁时，娘就对她说，闺女呀闺女呀，自古红颜多薄命，你呀可要在古村这条路上走得稳稳当当，切不可像娘一样，被你那个负心的父亲抛弃，落下个清汤寡水的日子。菊花顿时便开了泪闸，奔流不息。自从菊花睁开眼睛，便没有看到过父亲。菊花淌着两条细细小溪，像两束挂面，白云蒸腾，对娘说，顺子对我好，我没看错人。

和顺子相爱仿佛是多年遥远的往事了，顺子走的那天晚上，月光银湛湛的，晚风摇曳着婆娑如梦的梧桐，夜气清瑟冰冷，蓝阴阴的。

菊花轻轻柔柔地抚弄着手腕上翠绿透明的镯子，像抚摸恋人的长发，鼻腔里垂吊着涕泪的酸楚，惆怅迷惘。顺子，我等你回来娶我，让今夜的月光做证。菊花细长的睫毛扑朔扑朔像只小飞虫，月色将菊花的脸绣出铜钱大的一个红黄的湿晕，像朵云轩信笺上落了一滴泪球，陈旧而迷糊。她眼睛里的清水一扭一扭地流淌出来，每一寸都是鲜亮苦涩的，冒着白雾般的热气，将菊花的思绪飘得老远老远……

菊花与顺子是一起穿着开裆裤长大的，两小无猜。小时候，他们总在一起过家家，顺子扮演丈夫，菊花扮演妻子，菊花成天屁颠屁颠地跟在他的身后。上学路上挂着个小小的花皮书包晃呀晃呀，老长不大的样子。顺子总会在放学的路上叮叮当当地在菊花身边驶过，远远地从前面停下来，左顾右盼，确信四周没人，便朝着她努努嘴，上车吧！快迟到了。菊花羞羞答答地坐上去，不敢吭声。

一路上顺子不停地按着车铃，发出一串串悠扬动听的音符来，似乎要让全世界的人都知道，顺子的身后坐着菊花。顺子偶尔会恶作剧地将自行车使劲地晃一晃，把菊花惊得一咋一呼的，坏坏地笑道：小媳妇，吓着了吧，要不要我给你压压惊？习惯了顺子的自行车的铃声，每当听到街面丁零丁零的铃声，菊花总会不由自主地回过头，闪烁着焦灼热烈的目光，寻找人群中的顺子，竟是小鹿撞入怀的慌乱。

"小媳妇"的头衔，还是一块冰糖给哄出来的。童年时，家里穷，菊花偏又特别馋。小时候，因她从没有吃过奶粉，在母亲面前，声嘶力竭地哭，地上打滚，不达到目的绝不罢休。

那个昏昏入睡的中午，顺子拿着一块冰糖在菊花眼前晃来晃去，故意将嘴巴弄得咂巴咂巴地响。想不想吃，好甜的冰糖呀！菊花？菊花馋得直流口水，当然想吃！她响亮地回答。那你做我的小媳妇，好吗！我才不干呢，你又矮又丑，又没钱，菊花学着大人的口吻老气横秋地回答。顺子似乎愣了愣，不做我的媳妇，就没有糖吃，那我给别人吃了。喂，肥肥，你肯不肯做我的媳妇，我给你吃，他朝着另一个女孩子走去。菊花一看就急了，终于抵不住糖甜滋滋的诱惑，哭得直打噎："我愿意做你的小媳妇，我要吃糖，我要吃糖……"

顺子一听乐开了花，转过身，连忙把冰糖塞在菊花嘴里，但还是没有放开手，叫我一声：老公，顺子嬉皮笑脸，猫儿闻了腥似的。菊花咬着半块糖，上下不得，便脆生生地叫了声：老公。孩子们轰的一声全笑开了，拍掌踩脚的，哦哦哦，哦哦哦，菊花做了顺子的小媳妇，菊花做了顺子的小媳妇，哦哦哦，……直把她羞成了大花脸。叫、叫、叫，你们谁敢笑她，看我不揍扁你，顺子伸出拳头，青筋鼓鼓的，恶狠狠地示威道，孩子们一轰而散。

等到孩子们都走光了，顺子嬉皮笑脸道：菊花小媳妇，什么时候嫁给我？菊花一本正经地说，等我长大到22岁，我就嫁给你，但我要穿红裙子、戴红盖头，还要用八台大轿抬，要吹吹打打，热热闹闹的。行，行，到时候，你要什么我就给你什么。但，你现在要给我亲一下，就一下，小媳妇。顺子边说边将臭烘烘的嘴凑过来。我不……我不……菊花假装哭丧着脸。不行，做了我的小媳妇一定要亲的，不亲就不是我媳妇，顺子也犟了起来。亲左脸还是亲右脸，还是亲嘴巴，顺子一副死猪不怕烫的样子，菊花迟迟不回答。顺子不由分说在菊花的左脸上，叭叭叭，清脆利落。菊花的脸火烫火烫，像被黄蜂尾后针蜇了似的。远处围观的孩子们一个个笑得在地上打滚，她羞得直想尿裤子。

从那以后，顺子俨然成了菊花的模范丈夫，处处都小心翼翼地呵护着自己的新娘。时而从口袋里摸出一两块水果糖来，在菊花面前晃一晃；时而一瘸一拐地向她走过来，不用猜菊花便知道他一定又是带小玩意儿给她玩了，可能是捡来的或者是从孩子群中抢来的东西，怕被人发现，反正也不知它的来由。每当顺子手捧着宝物郑重其事地交给菊花时。菊花便是满心欢喜，虚荣心得到了极大的满足，大眼睛衬映得亮闪闪。少不了，要示范性地啃他几口，以示奖赏。

菊花渐渐地长大了，少女的情思也变得羞羞答答。看着书，心神就不知道跑到哪里去了，顺子的影子在面前晃来晃去的，恍恍惚惚的。晚上，菊花悄悄地缝一个小沙包，第二天下课后再悄悄地塞给他。生日时，把妈妈煮的红鸡蛋塞给他。菊花觉得自己似乎就是一个名副其实的妻子。每当鬼鬼祟祟地做完这些事，菊花在心里刮着自己的小鼻子道：羞羞羞，咋变得这么恬不知耻？

顺子的家门口，有一口古井，叫黑灯井，它因黑灯村得名，曾被老人赋予了神秘的色彩，说它是巨龙的化身，是大水龙王冲成的庙，谁家死了人，总会去那儿朝拜。井旁流淌着一条清澈如玉的小河，它隐藏着菊花心底一个秘密，不曾言说。

每天放学后，倘若俩人不是一道回来，菊花便会在井边等顺子回来，卷起裤边，在小河里寻找圆润光滑的鹅卵石，挑出来，再用石头整整齐齐摆成五个字—顺子我爱你。往往字尚未摆完，顺子就回来了。菊花慌慌张张用脚将石头踢得远远的，顺子诧异地看着她，河水哗啦哗啦地淌过凌乱的石头。菊花佯装着要回去，脸涨得通红，小辫子一甩一甩的。

小媳妇，再玩会儿，我带你去捉小鱼儿，喂猫猫。顺子放下自行车朝菊花走过来。"不许过来，你要是过来我就不跟你玩啦！"菊花假装哭起来，呜呜咽咽的，边哭边扭着屁股。别哭别哭，再哭我叫我家马儿狗咬你屁股。菊花和顺子就在这一惊一呼中度过了他们的中学时代。菊花沐浴在爱情的光辉里，细细的音乐，细细的喜悦，在她的发梢中颤抖……

月光中闪烁着银鳞，菊花仿佛做了一场梦。顺子看着发愣的菊花，说，菊花，你在瞎想什么呢？像个木头人似的。把菊花带回到了现实。

顺子搂着轻飘飘的菊花，身子似乎要从衣服里蹦跳出来，有着不着边际的虚空，菊花，我去了南方，挣够了钱，咱们举行一个盛大的婚礼，八抬大轿把你抬进我的家门，我要让你做世界上最美丽、最贤惠、最宝贝、最幸福的妻子。

菊花的鼻子酸溜溜的，喉咙处像梗着一枚青涩的杨梅果，涎出新鲜干净的泪来，温柔悲怆。突然，菊花开心地笑了，月色中的笑容温暖纯真，像块水晶钻石，明晃晃地镶嵌到顺子湿漉漉的生命里，寂静如水的月光反衬着菊花如花似玉的脸。隔着多年相爱的路往回看，此时离别的月亮比以往的月亮大、圆、白，它是欢愉的，也是凄凉的。

千叮咛，万嘱咐，顺子去了南方，菊花的母亲却病倒了，这一病便再也不能起床了。夜深人静时分，菊花嗅着柚子般寒香的药汤，听窗外沙沙坠地的树叶声，便觉得骨骼一节一节豁然空洞起来，风声呼啸而过，像空旷荒凉的隧道里驶过一列火车，寒飕飕地冷。

没爹的孩子更得宠。有一次，娘同菊花进城去看望一位远房亲戚，亲戚拿出香蕉招待她们。菊花从小很少吃到香蕉，她狼吞虎咽着。母亲慈爱地看着她，拿起一根香蕉，咬了一口，便若无其事地到里屋找开水喝。晚上回到村里，母亲从内衣口袋里拿出那根只咬了一口的香蕉给菊花。吃吧，好孩子，娘委屈了你，都是你那造孽的爹。那一刻，菊花抱着娘哭得晕天黑地。

菊花记得有一次村里破天荒地放电影，大家都蜂拥上前，将小小的屋子挤个水泄不通。娘，我要骑"罗汉"，母亲蹲下来，菊花骑上去。母亲瘦弱矮小的身子在人群中挤来挤去，东倒西歪。菊花高高地坐在她的脖颈上，好不容易才挤到中间，便再也挤不动了。看了一会儿电影，便意上来了。娘，我要尿尿，娘——娘——娘，菊花用小手揪着母亲头发，在她的脖颈上像条蚂蟥一样地扭来扭去，近似哀求的声音一声比一声高。母亲也着急了，在人群中挤来挤去，想杀出一条血路来，无奈人太多，挤了大半天，还在原地，倒挤出满头大汗来。菊花再也忍不住了，大声地哭起来。母亲忙哄她，别哭，别哭，你要尿就尿在娘的脖子上吧！尿哗啦哗啦地流了出来，一股尿骚味顿时充溢四周。幸好，大家正在全神贯注地看电影，谁也没有留意她。

看完电影回到家，菊花怪不好意思地叫母亲赶快脱下衣服来洗一洗，母亲亲了亲她，笑着说：不要紧的，菊花的水香香的。母亲还故意把"尿"讲成"水"，菊花的眼睛湿润了，淋湿了五月的河。事后，菊花问母亲：娘，电影好看吧？你看那个日本鬼子被八路军叔叔打得落花流水、噼里啪啦，真过瘾。母亲一边点头：对对，是很过瘾。如今回想出来，菊花觉得自己那时候真傻，母亲被挤在里面，只能看到一片黑压压的脑袋，她哪里看到了什么电影？

母女俩在乡里乡亲的帮助下，一路上磕磕碰碰搀扶过来。

两个月后，菊花的母亲安然地离去，母亲离去的那一天，天色阴森森地罩了下来，撒下天罗地网，将黑暗收拢。树林中的猫头鹰也不甘示弱地叫了起来。整个山庄都在低声哭泣。菊花看到北风吹起，菊花带雨，一大片一大片在凄凄地凋零，它们瑟缩地做着冬天的残梦……菊花的心口涌上痛失恋人般的痛楚，尽是揪心、伤神。眼前出现一片荒烟蔓草，孤零零的只有自己一个人在徘徊，顺子也不知去向。

菊花还来不及给母亲订一口棺材，母亲便匆匆地离去了，临走前，她淡淡忧郁地笑着，那目光亲切、遥远，却又陌生。菊花黯然伤神地打开朱红色的木箱，箱底上静静地躺着几张极少的零钱，在无声地哑笑着。菊花的脸上挂起冰冷的泪帘，结着薄薄的冰层。

菊花声泪俱下地奔走在亲戚家，乞求着他们能给母亲一口下葬的棺材。大伯还没等她开口便道，菊花呀，菊花，我的三个孩子现在还共穿一条不能遮风不能挡雨的裤子，欠了学校一大笔学费，你还是请回吧。大娘冷不丁地把一盆冷水泼在她的脚下，水淋淋漓漓地溅了菊花一身，瑟瑟地冷。大娘讪讪地笑道，菊花，你莫怪咱们穷亲戚，要怪就怪你那走早的爹吧，留下一屁股债让你们背……亲人的话像一蓬荆棘，不停地扎在菊花脆弱的心田上，将她的心扎得血淋淋的，结成冰块，在她心底咔嚓咔嚓地作响。

　　黄昏昏黄，菊花疲乏地蹲坐在门槛上，发着呆，母亲已经走了两天了，棺材却丝毫没有着落，顺子也没有下落。这时，王秋波村长走了过来，笑了笑道，菊花，莫愁莫愁，明天我就叫一帮人带棺材过来，把你母亲安葬。菊花怔怔地望着年仅30多岁的村长，尽是惶恐不安，疑惑不解。王村长笑着说，那口棺材是村里乡亲们出钱买的，不是我私人买的，大家都是乡里乡亲的，我又是一村之长，这个忙一定要帮。菊花扑通一声跪了下来，嘴唇抖得像含了滚烫的蜡烛油似的，菊花……不孝，菊花，无用，给您磕头了。快起来，快起来，都是一家人嘛，都是一家人嘛，一家人不说两家话。

　　第二天清早，家里像煮沸的粥，热闹起来，王村长请来和尚超度亡灵，办白喜事酒席，一切都安排得妥妥当当。菊花跪在母亲的遗像前痛哭流涕，耳边的嘈杂声却让她觉得人们是在吃着喜酒，他们肆无忌惮地笑着，行着酒令，将她的哭声压抑在杯光酒影里。

　　母亲上路时，王村长似乎哭得很悲伤、很凄切。村长一悲伤，全村的人都悲伤起来，一个个抹泪擦眼，此起彼伏的哭声，挨挨挤挤地晾出了一条悠长的绳索，把母亲带入另一个陌生冰冷的世界。

　　母亲瘦小如柴的身子被装了进去，菊花伏在棺木上捶胸跺足。墓在沉下泥土的那一刻，她扑上去，死死抓住棺材上的绳索不放，众人拉开菊花来，把泥土覆上。菊花挣脱无数双强劲的大手，张开双掌，去挖墓上的泥土，十指都抠出鲜血来，一瞬间便血淋淋。

娘，一抔浅浅的黄土便掩盖了你瘦弱的身躯，你裹在里面，成了一个小小的山丘。菊花看了便是泪流，便是心酸，便是刀绞。

菊花哭道，娘，你在世上才活了40个年头，昨天恍若菊花还在你怀里撒娇，今天，就一个人悄无声息地走了，抛下菊花孤零零一人。娘呀娘，我愿意将生命折下零头给自己，把我大部分的生命留给你，零头是活给顺子看的。

母亲沉下土去了，母亲一生的绳索也便挣断了。母亲的生命就自顾自地在喧哗中走过去了，走向青草萋萋的荒凉，再也没有痛苦。

菊花的心碎了，一半留给娘，一半已碎了，用胶水粘上，留给顺子。

菊花蓦然想起余光中的诗《乡愁》：后来啊／乡愁是一方矮矮的坟墓／我在外头／母亲在里头。

母亲走后的三个月，顺子来信了。顺子在信中写道，在南方已经找到一份工作，等攒够了1000元，他就回来看菊花。顺子在信末画了一朵鲜艳欲滴的玫瑰花。菊花捧着信，玫瑰红似乎要从信笺里渗透出来，像热烈如火的爱情。哦，爱情，原来是血色的，像傍晚的夕阳。

菊花没有言语，她静静地捧着信纸——那里面装着点点滴滴的回忆，这种回忆是要装在水晶透明的玻璃瓶里，双手捧着看的，是她最初的清纯爱情和最后的烈焰爱情。

菊花的嘴角浮起一缕惨淡苍白的笑容，霎时间又消失了，她抬头看着墨灰如鸽的天，几点疏星，模糊陈旧的残月，像石印的图画，窗前的梧桐树透出电灯淡淡昏黄的圆光，像母亲忧郁成结的眼睛。

篱笆上的藤努力往上爬，满心只想着越过篱笆去，去寻找一个新的宽敞的世界。母亲走了，在家乡也没什么可牵挂的，牵扯菊花的便是村长的人情了。菊花提着家里最后一只老母鸡，到了王村长家。王村长一见菊花，如沐春风，笑容满面地迎出来，搓揉着双手，说，菊花，是你呀，快坐，快坐，有什么困难尽管跟我说，我竭力办到。

菊花望着如同慈父般的王村长，枯黄的脸上堆砌出暖洋洋的笑意。村长，我母亲下葬时欠下您的钱、人情我一辈子都报答不了，现在我也很困难，我准备去南方打工，寄钱给您，以便还清母亲的葬礼上所有的费用，您看如何？

王村长的笑容突然像冰碴子一样，冻住了，他严肃起来，菊花，这是我当村长应该做的，你就别放在心上。我不会要你还一分钱的，我还想过一段时间把你家的老屋好好翻修一番，让它增添点新意和生机。没娘没爹的孩子应该得到村里最好的照顾。

菊花怔怔地坐在那里，天空是无底洞的深青色，忽明忽暗，朦胧不清。她站起来，努了努嘴，怯生生地道，村长，这样不好吧，这样我一辈子都不会安心的，母亲在九泉之下也会责怪我的，还是让我还您点什么吧。菊花有点语无伦次了，门前苍翠的大树从并不热烈的阳光里筛下斑驳的树影，密密麻麻盛满了纷繁的心事。

王村长将他的目光牢牢地吸附在菊花的脸上，浓眉下面透出炯炯有神的光芒，菊花左看右看，总觉得那是藏在面具底下的眼睛，深不可测。王村长热切地说，菊花，我也不想瞒你了，我现在孤身一人，就想找个贤淑的女人过日子，虽然我比你大很多，但我发誓会好好地疼你一辈子的。外面的世界很乱，还不如在我暖和的小屋里过日子，我会让你幸福的。从你16岁时起，我就一直在等待，等待着有一天，我会拥着心爱的女人入怀，共同筑起温馨的小窝。菊花，我等了你4年了。菊花，你要想报答我的话，就嫁给我吧，我会疼你爱你呵护你一辈子的。

天色突然暗哑了下来，影影绰绰的乌云里藏着黯淡无光的太阳，一半黑，一半白，像两名棋手在天空中下着围棋。王村长的脸像个戏剧化狰狞的脸谱。菊花一阵晕眩，摇摇晃晃，重新又坐了下来，竹椅在她身子下咯吱咯吱作响，仿佛不堪重负。残风卷起脚边的垃圾，瞬间便飘得无影无踪。

菊花压抑住心中的震惊，把手紧紧地扣在肚子上，幽雅恬静的脸上难堪地抽动着，一字一句地说，王村长，我已经有男朋友了，我的男朋友叫顺子，我只会跟他结婚。王村长扬了扬手，不留神打翻了桌上的茶杯，茶水一滴一滴地从桌角流下来，滴答滴答，像寂寂夜空里的敲钟声，空旷荒凉。村长背过脸去，淡淡地笑道，菊花，我可是一心一意对你，我比起你那穷酸的顺子，可要强多了，这个简单的道理你不会不懂吧。

一阵冷风吹来，呼啦呼啦地钻进村长极不相衬的西装里，扑哧扑哧地拍打着翅子，王村长整个人都在风中鼓胀起来了，似乎要飘上天去。苍白的脸庞扭曲变形浮肿，远远看去像一只蒸熟的白馒头。菊花坚定地站了起来，拔脚就往外走。

菊花刚站起来，王村长用铁钳般的大手死死地搂住了她。菊花睁着凄惶的眼睛，睫毛上挂满了水晶帘，忽闪忽闪的，身子蜷曲着像宰了的鸡的脚爪。放开我，我们之间是不可能的，是不可能的，菊花拼命挣扎着。我就不放开，我这样真心地待你，我哪一点比顺子差？我会让你在农村过上城里人般的生活，菊花，我的好菊花，答应我，看在我对你母亲好的分上。村长气喘吁吁。

不，不，这是两回事，欠下您的恩情我会报答您的，但请你不要这样。菊花无力地挣扎着。不，不，菊花，我要你做我最美丽最幸福的新娘，菊花，好菊花，就答应我吧。村长边说边抱着菊花往里屋走去。别，别，你别乱来，菊花天旋地转。村长突然暴怒起来，拿起早已准备好的绳索，把菊花绑得结结实实。你一天不答应我，我们就一天都不吃饭。

菊花在床上躺了三天三夜，滴水不进。她静静地躺在床上，全身的筋骨与牙根都绷得酸楚了，脸上没有一点血色，青、绿、紫，像冷却的尸身的颜色。她茫然地望着窗外的菜园，菜园在白天煌煌然的阳光下晒了一上午又一下午，像熟透快要烂掉的水果一般，往下坠落着，坠落着，发出浓郁的香味来，像女人用过的香水，散发着楚楚可怜的韵致，让男人迷乱迷情。

第四天，王村长扑通一声跪在菊花的面前，菊花，我再问一次，你答不答应我？菊花摇摇头，像海上巅起的巨浪，气浪险些将村长掀翻在地。

村长一屁股瘫在地上，好，强扭的瓜不甜，我给你自由。村长给菊花松了绑。进了厨房端出热气腾腾的饭菜，哽咽道，菊花，吃吧，吃了这餐饭，你走你的阳关道，我过我的独木桥。菊花饿极了，狼吞虎咽着。泪珠一滴一滴地溅到蓝花瓷碗里，溅到她的生命里来，溅到翠绿的手镯上，瓦蓝瓦蓝的。村长在一旁呆呆地看着她，眼眸里尽是不舍，尽是凄楚，尽是怅惘。

吃完饭，村长目送着菊花踉踉跄跄地离去，凛冽的风中飘扬着他悠长凄婉的声音：菊花，我会在心里等你一辈子的，今生和来世。

人还有来世吗？菊花眼前一阵发黑，像骤雨似的，泪珠一串串地披了一脸，清汤挂面，她也懒得去揩拭，由它垂挂在腮上，慢慢地风干了，也风干了忧伤。

菊花病了，在家躺了一个月后，就照着顺子信封上的地址来到南方。离开村庄时，她回头看着这明晰、亲切的一切，每一秒，每一分，都啃噬到她心里去了，她感到了一阵撕心裂肺的痛楚。她挥了挥手，悄悄地走了，这是她第一次向村庄挥出一个美丽的、苍凉的但不凄凉的手势。

菊花坐在轰隆轰隆的火车上，窗外下着淅淅沥沥的雨，千万粒雨珠闪着凄厉的白光，像满天眨巴眨巴的繁星，满天的繁星一直紧紧地追随在她的身后，水珠银亮的车窗上，火车急急地驰过了荒山、原野，像赶着要去投胎。

车窗外沿飞转着一颗颗鲜红的星，碧绿的星，红心绿瓣，在车窗上开出玲珑小巧的一朵朵好看的霓虹灯花来。缤纷美丽着她的寂寞的旅程，菊花带着星光坠落般的乱梦，走向顺子，梦里蠢动着温柔酸楚的回忆，像坛子里的泡菜，如同潮水般在她体内涌动，酸水咕嘟咕嘟地往上冒着气泡……

黑灯村里的人们像一坛久埋在地窖里的老酒，忽然醒过神来，带着微醉的晕眩，看着她匆匆地离开。村庄里忽然空落冰冷起来，令人心碎。

原来，一个美丽的女孩是如此牵系着乡亲们柔弱的心。

第
2
章

桃花朵朵开

顺子来到南方 T 城，城市的黄昏，已是华灯初上。洒过水的路面，显得格外光洁。T 城美得令人目眩，美得醉人。街头劲歌热舞，欢声笑语。男人女人们穿着光鲜整洁的衣服，匆匆而过。一幢幢大厦拔地而起，具有皇家雄伟的气派。从楼顶上望过去，城市倒成了一片旷野了，露出无数红的白的灰的黄的屋脊，像开了一家布店，煞是鲜艳好看。楼顶下浮起许多种声音，奏响着一支和谐的进行曲。

商场里的商品琳琅满目，应接不暇。乌黑发亮的柏油道上飞驰着甲壳虫似的小汽车，永不停息。气魄雄伟的广场，音乐喷泉此起彼伏，溅起迷人的酒窝。还有那古色古香的书城，将这座城市浓郁的文化气息撒播开来。耸立如云的工厂，四通八达的天桥，展示了一个国际大都市的超凡的活力。

顺子就像刘姥姥进了大观园，不知所措了。忽然，他觉得自己有点寒酸起来，他望了望自己那沾着黄泥巴的解放鞋，在这座光鲜亮洁的城市下，显得格格不入。在南方的天空下，他仿若是一颗微不足道的小黄豆。

顺子一下子被红红绿绿的花花世界所吸引，他由衷地感叹道，城里真好，等挣够了钱，在城里买房，把菊花和爹接到城里来，也做一回城里男人城里女人，让自己的子子孙孙都做城里人，在城里读书，在城里工作，再也不会因为是乡下人而被人瞧不起。那一刻，顺子真想振臂高喊：南方，我来了，带着美好的梦想来了……

顺子开始四处奔波，奔波在高楼大厦下，奔波在车水马龙中。白天找工作，晚上就和衣睡到天桥下、地下通道里。在天桥下、地下通道里还睡着很多流浪者，天当被地当床，他们把旧衣服往地上一铺，就成了他们的床了。他们的吃喝拉撒全在天桥下、地下通道里。通道里散发着阵阵的恶臭。

想菊花时，顺子就把钱包里的相片拿出来，那是他俩的合影照。菊花幸福地偎依在他的身上，甜甜地笑着，一头乌发瀑布似的垂了他一肩。顺子细细地抚摩着、回味着，咂巴咂巴着嘴唇笑了。薄薄如刀片般的光芒射在相片上，相片就成了一面镜子，菊花姣美的面容就玲珑凸出，活生生地浮现在镜子里，顺子把镜子缓缓地推了上来，他的嘴轻轻地吻着镜子里的菊花，便再也不肯移动，菊花也温柔地回应着，他们就天昏地暗地吻了起来，缠绵悱恻……

顺子和菊花都跌到镜子里面，他们到了另一个镜花水月的世界，凉的凉，温的温，烫的烫，思念的火花直烧上身来，火烧火燎，数不清的罗愁绮恨，全关在镜子里了。顺子想，原来，怀念恋人的感觉是这般的温暖、诗情画意。顺子把相片收起了，却关不掉菊花那春天般的笑意。

一个月后，顺子在如意大厦的建筑工地上找到了一份工作，做水泥工兼做搬运工。工作虽然很辛苦，可一想到菊花那甜蜜蜜的笑容，他的心里便充溢着融融爱意，满怀着温柔的暖意，他干活也就干得更欢快了，浑身有使不完的劲。

工地上的包工头叫黄壮志。顺子来的第一天，虎背熊腰的黄壮志就拍着他的头，豪言壮语，小哥们儿，在这座城市只要你能吃苦耐劳，会有甜头给你尝的，我最初也就是从一名小工做起的，能混到今天，靠的就是勤劳致富，好好干。顺子百感交集地说，谢谢黄大哥，我一定会好好努力的，我想着有一天能在这座城市盖起一座属于自己的房子，把老爹接过来，娶妻生子，安居乐业，让我的子子孙孙都是城里人。

好样的，好小子，男人的骨头都是硬朗的，打不败的。黄壮志竖起大拇指，有志者事竟成，我等着你能有这么一天。

顺子在这里一天的工钱是30元，包吃包住。顺子干这份工作格外卖力，做人也是小心翼翼，连对煮饭的小工都特别客气，整天都乐呵呵的，别人都称他为"笑面星"，因此人缘也就特别好。

在这繁华豪气的建筑物后，有一座搭起的工棚，顺子和20多名建筑民工拥挤在一块儿，夹着汗臭、体味、鞋袜臭，空气显得有点污浊不堪。工棚前有一条河流，工人下班后就往河边哗哗地洗衣服，嘴里的故事也就如同河水一样源远流长。河流因这个工棚而热闹缤纷，有韵味、有性灵，滋长出许多动人美丽的情愫来。

下班后，吃完饭，工人们满意地打着一连串的响嗝儿，从口袋里摸索出一两支烟，有时就从耳朵根后取出一支烟来，滋巴滋巴地腾云吐雾。散散落落地坐在河边，赤着上身，趿拉着拖鞋，抽着劣质的香烟。忧伤时就狠狠地掐熄烟头，对河沉思。偶尔说上一段黄段子，某某女人和某某男人"做"上了，讪讪大笑半天，眼睛就滴溜滴溜转向大街上走过花花绿绿的美女，晃着眼睛眨巴眨巴的，嘴咂巴咂巴地赞赏，啧啧！这妞儿的脸蛋真新鲜，白里透红，细皮嫩肉，像从土坑里刚拔出来的白萝卜、白莲藕，洗干净后，水灵灵的。

你看那高高的腿儿，像根细竹竿，走起路来，长发一起一伏，让人春心荡漾，真想上去狠狠地拧一把，咬两口，过把瘾，做个死鬼也风流。我看不像，另有工人搭腔道：我看，像刚从蒸笼里出来的热气腾腾的肉包子，要知道肉包子打狗，有去无回哟。那我就是条狗，想吃香饽饽哟；呸，蛤蟆想吃天鹅肉，做你的白日美梦，臭美。又是一阵哄笑，一阵唾液，城里人就是比咱乡下人香，连擦鼻涕丢下的手巾纸都散发着清香，幽香袭来，令单身汉垂涎三尺，闻香而去，想入非非。顺子和工友们在一起，他从不搭腔，他只是默默地看着流淌的河流，河流绵绵千里，他对菊花的情意也就绵延万里……

　　工友们偶尔看到富翁们搂着妖艳的女人从工地旁路过，眼花缭乱地在他们面前晃来晃去，少不了工友们来一番评头论足，他们会自然流露出一丝鄙夷又夹杂着一丝羡慕一丝欲念，这毕竟是他们真实心性的流露，他们的老婆多数在家里。在这座繁华的城市里，漂亮女人与自己无关。也偶尔会有一两个工人在外面找个女人解燃眉之急，但并不多见，毕竟他们口袋的钞票有限。

　　工地上也时不时有少数工人的老婆和孩子来看望他们，来了一两个女人，男人们就直起哄：呜呜呜，嫂子来了，今夜大哥可有福享哩，有精彩戏看哩！咱们去他"窗户"上抠两个破洞，羞死他们。直哄笑得男人脸腆得像个猴腚儿。所谓的"窗户"，其实只不过是用不透明的薄膜、胶布或是布帘一家一家地隔开。这一群城市的边缘人，就以如此半荤半素的方式抒发着寂寞甘苦的日子，也过得有滋有味、色味俱全，显得如此天然而毫不掩饰、做作，具有朴实的泥土气息。

　　来工地的第二个月，顺子的工作干得得心应手，工地里的人也混得滚瓜烂熟，上上下下打成一片。于是，顺子便寄给菊花第一封信，告诉她一切都好。信末他还画了一朵鲜红欲滴的玫瑰，用红色的油漆将花瓣描红，整封信因这朵玫瑰而栩栩如生，情趣盎然。这个方法是城里人教他的，女人都喜欢红玫瑰，红玫瑰代表着爱情，代表着这个女人是男人心口上的一颗朱砂痣，永远镂刻在男人的心版地图上。

顺子的信写得很优美，却让人落泪。信纸的空白处也仿佛有淡淡的人影子打了底子，像一种精致的仿古信笺，白纸上印出微凸的古装人像，顺子和菊花的身影就在信笺里飘来飘去，混合为一体……

可就在菊花生病的那段日子，顺子这边却遭遇了"桃花劫"。

看上顺子的是包工头黄壮志的老婆刘小丫。刘小丫差不多40岁了，可风韵依旧不减当年，长着一双三角桃花眼，颇有成熟女人的韵味。一双轻巧的腿，精致得像橱窗里的木腿，皮色也像是刨光油漆过的木头。走起路来，水蛇腰一扭一扭的，像模特儿走T台，将男人的眼睛看得铮亮铮亮的。工人们背后给她起了一个绰号："桃花妖后"。黄壮志包了好几个工地，一天到晚都忙得团团转。小丫如同深闺里的痴情怨女，寂寞空虚，她恨不得找个机会透口气，哪怕是野猫偷吃腥，也比她独守空房守活寡要强。

每当看到顺子挥汗如雨在烈日下工作，光着黝黑发亮的膀子，粒粒的汗珠气泡般争先恐后地冒出来，顺着手臂流淌下来，滴到地面，又不断蒸发到上空，彰显出一个成年男人发达雄健的肌肉，她的心中便会泛起千重波澜万重浪涛。

顺子手筋骨鼓鼓地暴露着，攀着铁架猴子般敏捷地上去，头努力向上仰着，向着蓝天下的阳光。缩成炫目阳光下的一个小小的黑点，像一只高空中突兀盘旋的雄鹰。阳光强烈的色彩混合着顺子脸上黑红刚毅的色彩，给人一种无与伦比的精神震撼和灵魂深处的感动，有种悲壮的大美。顺子如同一张油画震动了小丫，她突然发现蓝天烈日辉映下的顺子很伟大，他的身躯像钢筋水泥一样坚固地矗立在城市的上空，撑起这个摇摇欲坠的骨架。

此情此景，小丫觉得顺子才是一个真正有血性的男人，是条铁骨铮铮的汉子。

　　每天看着顺子工作便成了她心中一道独特美丽的风景线，心底一个不可触及的秘密，要是一天没见到他，她的心里便是空落落的，像沉入了无底洞，没精打采的。

　　那天是周末，因为工程进行得非常顺利，包工头黄壮志破例给工人们放了一天假，他自己也美滋滋地找人打牌去了。工人们走亲访友，到处找地方玩去了，只有顺子一个人待在宿舍里。听着窗外淅淅沥沥的雨声，雨的大白嘴唇紧紧贴在玻璃窗上，向里喷着白茫茫的雾气，外头却是一片冰冷与模糊，里面关得严严实实的，仿若开了暖气，分外亲切地觉得房间里有两个人，一个是顺子，一个是菊花。

　　顺子躺在床上出神地看着菊花的照片，想象着他俩幸福的未来，不禁傻乎乎地笑起来，他亲吻着照片上的菊花，又一同跌进了幻想与遐思中了。

　　小丫打着雨伞，迈着小巧的猫步，悄无声息地走了进来，她手里端着一碗热气腾腾的饺子。小丫的头发湿漉漉的，袭着一身氤氲的雨气，迎面吹来。顺子感觉自己像淋了冬雨，不禁打了个寒战。

　　顺子，还没吃午饭吧，我今天多包了一点饺子，吃不完，这点就送给你吃吧。哦，这怎么好意思了，嫂子，你还是留给大哥吃吧。哼！就别提你那个大哥了，那老东西一天到晚脚不着地，一到家一沾床倒头就睡，根本就不把我放在眼里，这会儿还不知道在哪里疯，或许他在外面早就有了野女人，都快把我闷死了。说完，小丫的眼里升腾出火焰般的柔情，她扭了扭黄蜂腰，风情万种地说，顺子，快趁热吃吧，快吃吧，等会儿就凉了。我还给你带了一瓶白酒，吃完了，咱俩喝点小酒热热身子，感受一下家的温暖。

　　雨越下越大，啪啪啦啦地打在玻璃窗上，像在往窗户上抽着响亮的鞭子，一下一下地有节奏地起伏着。顺子吃着滚烫的饺子，饺子的热气直冲到他脸上，一种家的温暖濡湿了他的眼睛，这是他来南方吃的第一顿饺子，而且是一个女人亲手包的饺子。

吃完饺子，小丫倒了两杯白酒，说，来，顺子，陪我喝喝小酒，解解闷，驱驱寒气、湿气。顺子不好推辞，你一杯，我一杯地喝起来，直喝得顺子头重脚轻，意乱神迷。小丫面红脖子粗慢慢地靠近顺子，顺子只觉得有只蜜蜂在头顶嗡嗡地叫着，叫得他头晕目眩。他的身子骨也灼热起来，似乎有一种想亲近女人的强烈渴望，渐渐地身子骨也不听使唤了。小丫不顾一切地扑了上来，袭着一身淡雅如玉的香风，顺子软绵绵倒在床上，不醒人事了……

风平浪静，顺子醒过来，惊奇地发现自己身旁睡着小丫。小丫笑眯眯地说道，顺子，别怕，男人做了这种事不会露相，也别责怪自己，是我在酒里下了药，只要你乖乖听话，我会让你过得更好。你真好，让我重新找回了做女人的感觉，我会好好报答你的。说完，小丫甩了甩了白手帕，一扭一扭，一步一回头，迈着颠簸的猫步深情款款地走了。

顺子看着菊花的照片，照片里的她在风中荡漾着，顺子望久了，便有一种晕船的感觉。再定神一看，照片褪了色，菊花也苍老了 10 年，面色枯黄的她幽怨地望着他，仿佛有千言万语要对他说……顺子捶胸顿足，他在心底恨恨地骂道，该死的顺子，该死的顺子，你怎么对得起菊花和黄大哥呀！此生再也不要和小丫那浪女人有染了。

顺子懊恼不已，他趿了拖鞋，站在窗口往外看。雨已经小了不少，渐渐停了。街上的雨水已汇流成了河，波光粼粼地倒映着一盏盏五彩的街灯，像一连串射出去就没有了的白金箭镞。车辆疾驰而过，"扑拉扑拉"拖出一道道白色的浪花。孔雀屏似的展开了，掩盖了街灯的影子。白孔雀屏里渐渐冒出金星，孔雀尾巴渐长渐淡。车开过去了，可依旧剩下白金的箭镞，在暗黄的河面上射出去就没有了，射出去就没有了。

顺子把手抵在玻璃窗上，清楚地觉得自己的双手、自己的呼吸，正深深地悲伤着。飞驰而过的车，洒下一路水花来，腥冷污浊的泥浆从窗户里进来，飞溅到他脸上来，顺子感到恋人般的疼惜，但同时，另有一个怒气冲天的自己站在小丫的对面，和她拉着，扯着，挣扎着——非砸碎这浪女人不可，非砸碎这浪女人不可！他抓起桌上的水杯，向地上掷去，水淋淋漓漓地溅了他一身。

顺子懊恼极了，他走到街道上，漫无目的地转悠着。这时，一个衣衫褴褛的老人，手里拿着一个饭盒递到他面前，小伙子，行行好，可怜可怜我，给点钱，给点钱。顺子看着枯黄干瘦的老人，刹那间，他想起乡下的父亲，一阵酸楚翻涌上来，泪花直逼到他的眼睛里，差点就要流了下来。

顺子摸了摸身上的口袋，全身上下摸了个遍，只有五毛钱。顺子有点懊恼自己怎么不多带点钱出来。他把五毛钱恭恭敬敬地递到老人的盒子里，谁知老人的脸色大变，老人撇了撇嘴，轻蔑地说，现在这社会，哪有给五毛钱的行情呀，最少都是一块了，这么落伍。老人边说边把那五毛钱撕了个粉碎，从他面前走了过去，又向下一位行人乞讨了。

顺子呆若木鸡地站在街上，他还真糊涂了，这社会怎么变得这么快……

顺子更加发奋地工作，他想忘掉一切，他多么希望那一切没有发生过。每次遇到黄大哥，他心里总是一阵一阵地发慌，躲躲闪闪的，不敢看黄壮志的目光。小丫多情的眸光依然在顺子身上放肆地游离着。最后，连工友们都看出个所以然来，暗地里笑话顺子，顺子弟，真是好福气，桃花妖后看上你了，看来今年你可要走桃花运了。顺子一声不吭，装聋装傻，埋头苦干。黄壮志更加欣赏他了，给他的工钱升到了50元一天。

让顺子难堪难忘的事，还是悄悄来临了。那天小丫趁人不注意时递给他一张小纸条，纸条上写着，今晚9点，在华怡旅馆，不见不散，有重要的事情要告诉你，如果你不来，后果自负。

顺子不得不硬着头皮去了，他想最后一次向小丫挑明，以后请她再也不要找他了。晚上9点，他来到华怡旅馆，小丫早在那儿等待多时，一见到他，就飞快地迎上去，把他带进了303房间。顺子愣在那儿，嫂子，您找我有什么重要的事情？小丫不紧不慢地说，顺子，你说城里好不好？你的工作好不好？顺子点点头，都很好，感谢大哥和嫂子。小丫又道，你想不想在城市里拥有自己的房子？当然想，不过那要靠自己的真本事去挣。顺子把"真本事"三字咬得清脆响亮，掷地有声。

小丫冷笑成一朵花：哈哈哈，真本事，什么真本事？这个社会要的是人情、机遇。你在我老公的工地上干活，我可以随便找个理由，随时向他建议解雇你。不会的，大哥大嫂都是好心肠，不会的。什么不会，你要是不听话，我就有办法解雇你，而且让你在这座城市无立足之地，做丧家之犬。

你赤条条地来到这座城市，我就可以让你赤条条地回去，怎么来就怎么回，你相不相信？小丫的话像一串串冰珠子落地，每一粒都冷到顺子的心坎上，触到他的伤口，让他不寒而栗，他不禁响亮地打了几个喷嚏。

小丫话锋一转，又笑容满面，话语里透着一股妩媚。顺子，你以后只要陪我一晚，我给你1000元怎么样，比起你在工地上日晒雨淋，可要强多了，对不？什么时候把老娘伺候高兴了、舒服了，我还会给你买房子的。听工人说，你有个叫菊花的女朋友，但这并不妨碍我们之间的感情。一个在家乡，一个在这边，只要你我不说，她就永远不知道。不，不行的，嫂子，咱们以后再也不要这样了，这不是人干的事，这是畜生才做的事，我非常非常爱我的女友菊花。

非常非常爱，有多爱，比海还深比山还高比地还厚？海枯石烂？天长地久？百年好合？你以为这是在演电影呀！穷小子，你拿什么来爱，每天50元钱，一个月下来也就1500元，零零碎碎用下来，你还能剩下几个子儿？我告诉你，贫贱夫妻百事哀，还不如你现在多挣点钱，等到老娘不想玩的那一天，我就放你一马，让你跟她过逍遥日子。

小丫悠闲地点燃起一支烟，腾云吐雾。顺子，有首歌唱得好呀，叫《没有钱你还会爱我吗》，不知道你听过没有。没有听过，顺子若有所思地回答。

顺子望着新晴的天空，街上的雨水还没有完全退掉，暗黄色的河流里簇拥着团团的树影。绿树带着青晕，工厂的烟囱里冒出湿湿的黄烟，低低地在城市上空回旋着，顺子感到有一种拖泥带水的郁闷，透不过气来。

嫂子，真的不行，我已经有女朋友了，再说，你有黄大哥，我不能对不起他。你不要逼我，再逼我，我只有辞工了。辞工!？你以为你想辞就辞，这天下的公司都是你开的，来去自由？我可告诉你，你想提前毁约合同，你得倒赔钱，你划得来吗？我一个女人拉下脸来，求着你，同时也让你快活，何乐而不为？

不，不行，我已经有女朋友了，我不能对不起她，她要是知道了，她会心碎而死。顺子一边说着，一边往后退。好，老娘跟你说正经事，小丫掏出一张医院的化验单，重重地扔在他的面前，你看看，你那天做的好事，你都让我怀孕了，你还想逃？

顺子两眼发白，像刚出灶的豆腐脑，经不起折腾。他结结巴巴地说，他……不是我的……孩子，是你跟……黄大哥的，你别血口……喷人，就那一次，是不可能怀上的。不可能?！这世界上有什么不可能，我实话实说，我老公有病，医生已经诊断他没有生育能力。

你，你，那你叫我咋办？顺子有点不知所措了。咋办，只要你听话，随叫随到，我立马把孩子打掉，咱们依然做露水夫妻，要是你不答应这条，那我就不客气了，我就把孩子生下来，让他一辈子都缠着你，让工人都唾弃你，让黄壮志炒你鱿鱼。

你就不怕黄大哥知道？顺子有点茫然地问。哼，我怕他，他要是敢离婚的话，我要分他一半的财产，那只铁公鸡可以不心疼我这个人，但是他会心疼他的钱的，那些钱都是他一个子儿一个子儿地挣来的，不容易的。他自己没有生育能力，他会默认我的孩子，再说了，他已经是第三次结婚了，他还真不能再离了，他丢不起这个脸。

你……，你……顺子的舌头直打哆嗦，像秋天的落叶，在水中打着旋儿。

来吧，亲爱的顺子，我的小乖乖，来……小丫扑了上去。完事后，顺子说，你明天就去医院把孩子打掉。当然可以，你必须对我发誓，从今以后做我的地下情人。顺子无奈地点点头。

完事后，小丫心满意足地坐在床上，衣衫凌乱的她，远远看上去就像一堆被人用过的污浊不堪的草纸，浑身上下散发着令人呕心的恶臭，像下雨天头发窠里的感觉，湿湿的，发出郁闷的气味。

小丫招呼着顺子坐在她旁边，咯咯咯地笑了起来，乡下娃真好骗，一张假的医院证明就把你吓成这样，你仔细看看证明上的名字是谁，上面写的根本就不是我的名字。瞧你这熊样，还真没出息，只配当当小白脸，给女人养养。顺子气得胡须都翘起来，他打开门，掩着面出去，小丫抛下一串银玲般的笑声，咯咯咯，咯咯咯，顺子感到一阵锥心般的刺痛。

菊花在家安安静静地休养了一个月，身体康复后，她按照信封上的地址来到南方。

见到顺子时，顺子正在工地里干活，忽然听到工友高声叫道，顺子，你女朋友菊花来看你了。顺子心中咯噔一声响,手里的泥桶掉到地下,泥沙撒了一地。他飞快地迎了上去,紧紧地搂住菊花。菊花比过去更憔悴了,却更苗条清丽。

晚上,顺子破例和菊花在旅馆里住了一夜,菊花把家里所发生的一切都告诉了顺子。顺子的心在无声地滴着血,淅淅沥沥。他冒出一个念头,明天一早就去找黄大哥,把工辞了,带着菊花赶快离开这个地方,他再也不能伤害菊花了。

第二天清早,顺子带着菊花找到黄壮志,黄大哥,真对不起,你看我女朋友菊花都过来了,我想辞掉这份工作,和她一起进工厂干活,两人在一起,日子好过一点。黄壮志不紧不慢地从鼻孔里吐出两道蓝烟圈来,吐出来又吞进去。说道,现在这项工程催着紧,再过两个月就要交楼盘了,你能不能再坚持两个月,做完这期工程再走?至于你女朋友菊花,我给你们单独找一间房让你俩住下来,白天她给洗补衣服,逛逛街什么的,我也包她吃住,你看怎么样?这,这,这怎么好意思呢?太麻烦您了。

黄壮志把话都讲到这个分上,顺子不好说什么了。菊花倒是欢天喜地住了下来,对于她来说,只要天天能守着自己的男朋友过日子,粗茶淡饭,那比什么都强。

有一天晚上,在洗手间里,菊花扑在镜子里,仔细地端详自己。还是那样玲珑娇小的身躯,纤细瘦弱的腰,孩子似萌牙的嫩嫩的乳房。她的脸,从前是白得像瓷,在爱情的滋润下,现在由瓷变成玉了——半透明的青色的玉。下颌起初是圆溜溜的,近年来却像柳条一样渐渐抽条了,变尖细了,越显得那小小的粉脸,红扑扑的,小得可爱。脸庞是相当的窄,但是眉心却很宽,一双娇滴滴、滴滴娇的清水明眸,乌油油滴溜溜地转……菊花对镜子里的青春身体很满意,默默地笑了。

突然，菊花又悲哀起来，她望着城市里长裙飘飘的女孩，想，这座城市里是不稀罕青春的，城市里有的是青春——孩子一个个被生出来，清澈如水的眼睛，红嫩的嘴唇，聪明过人的智慧。岁月一年又一年地磨下来，等到这一代人眼睛花了，人也迟钝了，下一代又生出来了。这一代便被吸收到朱红洒金的辉煌的背景里去，一点一点的淡黄便是从前的人怀旧伤神的眼睛。

瞬间，菊花又高兴起来，她要度过这个美妙的夜晚，她要做一回真正的女人。她在洗手间里将自己打扮得光艳照人，满怀着柔情蜜意走了出来。她穿着鲜艳的三点式的衣服，玲珑剔透的水晶身体，就像一面白旗上突然挑起三面小红旗来，格外醒目。

春情荡漾，菊花偎依在顺子宽阔温馨的臂弯里，羞涩地说，顺子，我想……我想……把自己交给你，我想……我想做一个真正的女人。怎么啦？顺子问道，把菊花搂得紧紧的。没什么，我就是怕有一天会失去你，我想早一点给你。菊花有点伤感地说，长长的两片红嘴唇夹着琼瑶鼻，一会儿哭，一会儿怒，袖子挡住了嘴，又转移到眼睛上……菊花咿咿呀呀地哭着，像咯吱咯吱的胡琴，拉过来拉过去，在万盏灯火的夜晚，说不尽的惆怅迷惘，说不尽的心酸苍凉。

好端端的说这些话干啥？又林妹妹般多愁善感了？不会的，我们永远都会在一起，永远不离不弃。不到新婚之夜那天，我不会动你一根毫毛的。我要让你做婚礼上最纯洁最高雅最美丽最动人的新娘。唉，顺子你这个死脑筋，木疙瘩，老封建。菊花收回眼泪，挥起粉拳轻轻揍向顺子，嗔怪道，身子却偎依得更紧密更严实，仿佛要将自己的生命贴烙饼似的黏住他，将她的心与他的心畅意地融合在一起。睡吧，我可爱的小天使，我梦幻中的新娘，别自作多情了。顺子带着浓浓的睡意呢喃道，在半空中打了一个响亮的哈欠。

　　顺子惶惶不安地度过每一天,他很怕再见到刘小丫,可这可怕的时刻还是来临了。

　　一天傍晚,顺子收工了,刚想回菊花那儿。小丫在远处,向他使了使眼色,示意他过来。顺子横下一条心来,再也不能惹这个女人了。小丫又努了努嘴,再次示意他过来。顺子的步子加快了,飞奔地回到了他和菊花简陋的爱巢。只听到风中远远地抛过来一句话,狗东西,乡巴佬儿,不听话,你等着瞧。

　　半夜里,他和菊花睡得正香浓,突然房门被一群手持棍棒的蒙面男人粗暴地踢开,不由分说,对着他俩一阵拳打脚踢,棍棒相加。这帮人一边狠狠地打,一边怒气冲冲地叫嚣道,乡巴佬儿,竟敢调戏老板娘刘小丫,你是活得不耐烦了,想死是吧?我们黄大哥吩咐我们,叫你俩明天就滚蛋,不要再来工地了,否则打断你们的狗腿,钱你也别想要一分了,谁叫你干出这种伤风败俗的事?我们黄大哥平时待你不薄呀,狗咬吕洞宾不识好人心。

　　这帮人打累了,气哼哼地走了,留下两截被打断的棍子。血从菊花的嘴里流出来。菊花擦了擦嘴角的血,喃喃道,这到底是怎么回事,我们得赶快离开这里。顺子心绞般的疼痛,抱着菊花道,我们怕是遭人暗算了,连夜就走吧,免得夜长梦多。两人挣扎着爬起来,收拾好东西,跌跌撞撞走到了远处一家私人医院,简单地包扎了一下伤口,睡在长凳上等到天亮。

　　天蒙蒙亮,他们在离工地很远的地方,租了一间最廉价的房子。菊花没有再追问被挨打的事情,可顺子一遍一遍地向菊花解释,可能是什么地方得罪了老板娘,才遭如此毒手,可他真的没有对老板娘干什么坏事。菊花柔声地劝慰道,莫说了,莫说了,我相信你,我现在只有你一个亲人了,到死我也要和你在一起。

顺子百感交集地抱住了菊花，暗暗想道，还好，没有让菊花知道。要是菊花知道了，她真的会心碎而死。

就在他们离开工地的第三天，如意大厦的工地上出了两条人命。两个工人在 15 楼的脚手架上作业时，脚手架突然断裂，两个工人从 15 楼做自由落体运动，摔了个粉身碎骨。其中一个工人的老婆抱着三个月大的孩子哭晕在工地上，醒来后她带着孩子跌跌撞撞地爬上 15 楼，死活也要从那里跳下去。黄壮志被公安局当场带走。

这条新闻以头版头条在当地日报上刊登出来，成为街头巷尾津津乐道的嚼料。顺子知道这则消息时，已是出事后的第五天，他从报纸上看到死去的两名工友，正是自己的好哥们阿牛、阿山。不知道为什么，顺子的心里突然有一种浓郁的负罪感，他甚至想，要是他还在工地，也许他俩就不会出事了，也许自己会帮他们或提醒他们检查工地上每一处存在安全隐患的脚手架。他感到有热泪从心尖悄然流淌出来。眼里雾气慢慢弥漫开来，一阵头重脚轻，什么都看不清，什么都看不明白，他忍不住地号啕大哭，留下了他洒给南方的第一场泪雨。

第
3
章

爱你没商量

工作没了，顺子和菊花只得暂时以捡废品为生，先积点本钱，再找活干。从此，他俩就出现在街头巷尾，捡拾着垃圾，有时一天也会挣到30元，艰难地维持着生活。饿了，他俩就在垃圾堆里弄点吃的，开始是趁着人少的时候吃，到后来，他们习惯了，肚子一饿，他俩就旁若无人地吃起来。

顺子的心里在滴着血，菊花一个如花似玉的好姑娘，竟然让她跟着自己一起受苦。

累了的时候，顺子和菊花去看城市的海景。

淡蓝色的海水汩汩地吞吐着淡黄色的沙，码头上矗立着巨型广告牌，鲜红的，橘红的，粉红的，倒映在绿油油的海水里，一条条，一抹抹刺激性夸张性的颜色，在海水的抚慰下，蹿上落下，在水底下厮杀得热闹纷纭。

轻风湿雾，轻轻地拍打在他们的脸上，像只毛茸茸的粉扑子。一艘艘轮船载满了货物，海风吹落着他们的笑声，海波摇曳着岸上的倒影。酽酽滟滟的海水，溅到他们的衣裳上，把衣服都染得瓦蓝瓦蓝了。菊花捧起海水，向顺子没头没脑地洒过去，顺子把菊花按倒在海水里，菊花咯咯地笑起来，这个时候，白苍苍的天、绿油油的海总会带给他们最简单的快乐。

特别高兴的时候，他们便会花上几元钱买几只烤红薯、几块臭豆腐，两人坐在海边，顺子一口一口地喂着菊花，菊花一口一口地喂着顺子，爱情在他们的嘴巴里有滋有味地嚼着，咂巴咂巴。

夜晚的城市之光如满天的繁星，眨巴眨巴着亮晶晶的眼睛。望着摩天入云的大楼，顺子指着它们，高声尖叫着，菊花，你喜欢哪幢房子，我把它买下来，然后娶你做老婆，生一大群孩子……菊花甜滋滋地笑了，回应着，我要一座面朝阳光、背向大海、左右绿荫环抱、一年四季春暖花开的房子，你能给吗? 我————定——能，顺子的声音响彻云霄，在菊花身后蹦蹦跳跳。仿佛新房金灿灿的钥匙，已挂在菊花脖子上，咣啷咣啷作响。

你吹牛不用打草稿，你连买个结婚戒指都买不起，只能送可乐罐上的拉手环。菊花用粉拳轻轻地捶打着顺子。

菊花的心房被喜悦洋溢得水漫金山。她站在十字路口的灯箱下，对着远方高呼，顺子，我——爱——你——有一种声音也在回荡着，菊花——我——爱——你——顺子扑了过来，紧紧地抱住菊花，吻着她的嘴唇和脸颊。路上的行人都停住了脚步，诧异地看着他们。人山人海中，隐隐约约听到苍老的声音，神经病，现代的年轻人真开放，去哪儿亲嘴不好，偏要到这公共场合大曝光，丢人现眼。菊花羞得面红耳赤，拼命地挣脱顺子的手。顺子气喘吁吁，不，不，这一辈子我都不会放手，我爱你，菊花……暴风雨停，一阵雷鸣般的掌声潮水般地涌过来，抬头一看，尽是年轻人。

顺子同菊花商量，叫菊花去工厂里找一份轻松的活儿干，自己暂时靠捡垃圾在后方支援她。可菊花说什么也不干，一定要天天和顺子在一起。

捡垃圾也是有竞争的、有地盘的，那些特别有价值的垃圾地盘早已被先来者霸占了，谁要是敢进入强者的地盘里捡垃圾，就等于抢了他们的铁饭碗，便会遭到一顿毒打。顺子和菊花他们只能捡那些废纸皮，卖得很少钱的那种垃圾，还不能老在一个地方待，得四处打游击战。

半年下来，辛辛苦苦倒是存下来1000元钱。顺子拈量着这沉甸甸的1000元钱，想用它做点什么。

一天，顺子和菊花正在拾垃圾，忽然听到有人在高喊，抢劫了，抓小偷，抢劫了，抓小偷。顺子闻声而去，只见两名抢劫犯手提着两个大公文包，亡命似的向人员稀少的地方逃去，一位大腹便便的中年男人气喘吁吁地在后面追赶着。顺子想也没想，放下手中的垃圾，撒开飞毛腿，追向两名抢劫犯，很快就追到了。顺子大喝一声，站住，放下包来。两名男子亮出寒光闪闪的匕首，恶狠狠地叫嚣道，臭小子，闪开点，不然要了你小命。顺子毫不畏惧，展开手脚，和他们勇敢地搏斗起来。多年来在乡下的田间劳动，锻造出顺子一副钢板般结实的身子骨，几个回合下来，两名抢劫犯被打得落花流水，乖乖就擒。民警随后赶到，把两名男子带到派出所。

被抢的中年男子感激不尽地握着顺子的手，说，谢谢你，小伙子。我能为你做点什么？我是金月亮娱乐城的老总曹富贵。说着，恭恭敬敬递过一张名片。那一刻，顺子动心了，他望着身后泥人似的菊花，咬了咬牙说，曹总，我们正在找工作，这是我的女朋友菊花，我再也不忍心让我的女朋友受苦了，您能给她安排一份工作吗？哦，这个没问题，你身子这么结实硬朗，就到我的娱乐城当一名保安，你女朋友暂时当一名服务员，做得好，以后慢慢提拔你们。曹总豪爽地说。

那就太谢谢您了，曹总，我们一定好好干。顺子和菊花绽开春天般甜美的笑容，温暖着这座陌生而又熟悉的城市，城市的一切又焕然一新，生机盎然。

顺子在金月亮娱乐城做了一名保安，菊花做了一名服务员。俩人每月共能挣到1600元，生活暂时安稳下来。两人勤勤恳恳地工作着，日子单调清贫却又简单快乐着。两人甚至想到再过一年就结婚生子。

　　下班后，顺子和菊花相拥在马路边的公园里，看大道上川流不息的人流，看灯火如昼的街景，两人都会静默不语。菊花有时也会感慨道，城市里的人们节奏总是匆匆忙忙，年轻的时候拿身子换钱，年老的时候用钱养身子，哪有我们乡下的宁静和安逸？顺子，我们年轻的时候在城里拼搏，等我们老了，我们回乡下养老，种花种草，养狗养猫。顺子勾拉着菊花的葱花指，轻轻地说，好的，菊花，我一切都听你的，哪一天你不喜欢这座城市，我们就离开它，也许这座城市只是我们漂泊的第一站。

　　在娱乐城来往的客人形形色色，一些不怀好意的男人都喜欢口头上或行动上占年轻姑娘的便宜，开着类似"一碗水饺多少钱（睡一晚多少钱）"的玩笑。菊花为了多挣一点钱咬着牙忍住了，只要客人不是很过分，一躲闪二高叫三逃跑四咬人，什么法子她都使上。她从不跟顺子倾诉任何苦楚。

　　有一天中午，酒席上，一位头发花白的老头子叫菊花端茶水过去。菊花替他斟茶时，老头子用手不怀好意地碰了菊花一下，吓得她把茶水洒了出来。老头子一把抓住菊花的手，叫道，小姐，水洒出来了，请你用衣袖擦掉。忽又压低声音说，不擦也行，让我亲一下，宝贝。周围的人都轰然笑倒成一片，齐刷刷把目光都聚焦在菊花的身上。菊花猛然抽出自己的手，正色道，先生，请你尊重别人，论年纪，我都快做你孙女了。

　　老头子气得胡须直哆嗦，一翘一翘的。他朝着服务台大叫起来，指着菊花的鼻子，喂——喂，这位小姐把我钱包里的 2000 多元偷去了。你，你血口喷人，钱分明在你袋子里，要不要我帮你拿出来，菊花毫不客气地还嘴道。这时经理走了过来，面无表情地对菊花说，要是拿了客人的钱就赶快把钱拿出来，否则，你马上走人。我没拿，是他，他要对我非礼，才污蔑我的，菊花说道。

我可不管你这些……经理厉声呵斥道，他的话音刚落下，一记清脆的耳光重重地落在菊花的脸蛋上，是经理打的。

经理淡黄色的脸上像打了蜡油，古板僵硬。他转身朝着老头儿点头哈腰，先生，对不起了，这小姐还是个学生妹，刚来的，不懂规矩，我开掉她，替您消消气，您老慢慢用餐，我多给您加道菜。

下了班，经理找到菊花，经理从口袋里掏出了300元递给菊花，菊花，今天上午我不是有意要打你的，在这里客人就是上帝，我必须这么做，其实我在打你的时候，我的手也在发抖着。我只是让那位老头子赢回面子，干我们这服务行业的，金钱是我们的上帝，上帝就是我们的客人，客人是万万不可以得罪的。要是客人去总经理那里投诉我们，别说你的饭碗保不住，就连我的饭碗也保不住的。人嘛，忍一步海阔天空，小不忍则乱大谋。

菊花把钱推了过去，这钱我不能要，我明白了，我不怪你。

大多数的时候，菊花还是很乐观的，逢到天气好的时候，她将被套与枕头、衣服放在太阳底下晒。枕头上留有太阳的暖和气味。窗外的天，永远从同一角度看着，永远是那样瓷青的一块，非常宁静祥和，仿佛这一天早已过去，忧伤不再。那扇淡青色的窗户成了菊花床边的古玩摆设。街道里丁丁零零的脚踏车铃响，学生彼此连名带姓呼唤着。看不见的许多小孩的喧笑之声，便像瓷盆里种的菊花的种子，深深地萌发在泥底下。菊花心里静静的，对生活和对拥有顺子的未来充满了希望。

和顺子在一起，便是菊花最快乐的时光，两人合抱着一台收音机，听音乐听得如痴如醉、如泣如诉、摇头晃脑时，菊花总是傻蛋一样问：音乐是花吗？是水吗？顺子总是笑笑说道：又发神经了，城市因你的泪水涨潮了，我快要被你淹死了，说完就夸张式大呼：HELP，HELP，在菊花笑得直抱肚皮又哈腰时，顺子轻轻从背后走过来，双手环过菊花的腰，扳过小脸，给上一个轻轻柔柔的吻。每每在这幸福时刻，顺子望着菊花那张粉红微醉的脸，眼睛竟有点湿湿的。这种美平静得有点令人惊悸。菊花也在心里默默祈祷：但愿人长久……但愿人长久……

那天，菊花替一个客人铺好了床。客人就热情洋溢地拉住了她的手，姑娘，你坐坐，我今天的心情有点不好，陪我聊会儿，我会付给你小费的。菊花挣开他的手，但是乖巧温顺地坐了下来，她心里暗暗对自己说，菊花，菊花，就是聊会儿天，就可以得到小费，为了顺子幸福的未来，你必须这样做。

菊花交叉着双手，静静地坐在那儿，略带着一点冷香的书卷气。她等待着客人要说的话题。客人并不急于说话，只是温柔地静静地注视着菊花，不紧不慢地从包里拿出一瓶可乐递给她，才开始慢腾腾地说话。客人的声音像女人的声音，温软如玉。姑娘，你叫什么名字？菊花。哦，很美丽的一个名字，你美丽娴静的样子就像一朵清新扑鼻的菊花，让人浮想联翩、心旷神怡。

多大了？回您的话，今年 23 了。菊花有点拘谨地回答，声音轻得似乎只有自己才听得到。

哦，好年轻。客人轻轻地叹息了一声。菊花，你长得很像我的妹妹，她现在要是活着也大概是你这个年纪，一个很清纯很可爱的孩子，我和家人都非常想念她。客人说着说着，眼睛泛起红圈，濡湿了眉睫，竟然哽咽抽噎起来。

小时候我的妹妹梳着你这样的麻花辫子，乖巧可爱，就像我们家的波斯猫。她不听话时，我老爱去揪她的小辫子，她一反抗，我就使劲拽她的马尾巴，往下扯。她疼，就乖乖地听我话。要么，就大哭大闹，在地上扑腾扑腾，一把鼻涕一把泪，向爹妈倾诉：看，坏哥哥，臭哥哥，他又揪我的小辫辫，小辫辫扯得好疼哟！小辫辫都被他扯长了！这时，少不了，我又得结结实实挨父母一顿香栗子。那时，我觉得父母特别宠她，好像我不是他们亲生似的。而她呢，两只手遮着眼睛，从手缝里看我，鼻子一耸一耸的，嘴角坏坏地笑，狡猾得很。

那后来哩？菊花忍不住地问。后来，在她 10 岁那年，她得了脑癌。送她去医院化疗时，她一看到同病房的人都光着头，就捂着辫子大哭起来，爸爸、妈妈、哥哥，我不要当尼姑，我要我的麻花辫，我要妈妈天天都帮我梳，我要为哥哥留着，我不听话了，哥哥就会揪我的麻花辫，我的麻花辫好疼哟……我嫁人时也要留着我的麻花辫……呜呜……麻花辫……呜呜……麻花辫……

我脸上流着泪，心底汩汩地淌着血。哄她：乖乖，你脑袋里长了个小东西，必须要摘掉，等你病好了，以后，头发还会长出来，长得更黝黑、更油亮、更茂盛，到那时我天天给你梳小辫子好不好？她这才顺从地接受医生的治疗。

妹妹的头发在一天天地掉，她叫妈妈用手帕一根根地包裹起来。每天傻愣愣地看着它，嘴里呢喃着：一根，两根，三根，少了，少了，又少了……

妹妹的头发最后全掉光了。她摸着光溜溜的头，再也不哭不闹了，呆滞的眼睛一直望着院内那堵白色的墙，她也许知道她生命在一点点消逝，麻花辫是她心底一个遥不可及的梦罢了。

我永远记得那天，妹妹突然指着那堵白色的墙壁对我说，哥哥，我看来看去，那堵墙都是白色的，太单调了，我不喜欢白色，我喜欢绿色，你把那块墙壁漆成绿色好吗？妹妹已经走不动了，我推着轮椅陪她在医院的后花园里待了许久，花园里郁郁葱葱。我指着满园的绿色，看，这是哥哥刚刷漆成的。她的脸上洋溢着宁静与莫大的满足。那天晚上，也就是那个秋天，妹妹永远地离开了我们。她去的时候，很安详，只轻轻地说了一声，我走了，把我的麻花辫都留着，好吗？然后，就婴儿般地睡着了……

知道吗？菊花，今天看到你，酷似我的小妹，伤心的往事浮上来，我看着你，仿佛妹妹站在我眼前，哭闹着，哥哥又揪我的麻花辫啰！我的麻花辫好疼哟……我的麻花辫又扯长了……我嫁人时也要留着我的麻花辫……呜呜……麻花辫……呜呜……麻花辫……

菊花柔声劝慰道，哦，那还真不好意思，我让您想起伤心的往事了。人死不能复生，过去的事情就让它过去了，您就别牵挂她了。

可是我现在真的很怀想我的小妹，要不，我认你做我的干妹妹，好不好，以后有什么困难便可以直接找我。

干妹妹呀，让我想想吧。我想，我想我不配，我是一个从农村里出来的孩子，啥事都不懂，不配做您这样体面人家的妹妹。说什么哎，只要你点头愿意，我就是你的哥哥了，我可以做到比亲哥哥还要亲，你要相信我，菊花，我的好妹妹。

菊花艰难地点了点头，好吧，我认你做干哥哥。客人高兴地跳起来，从包里拿出一张名片，菊花一看，是明天广告公司的总经理李明天。李总笑着说，妹妹，以后有什么困难可直接找我，今天就聊到这里，以后，我会经常过来看你的。说完，李总递给菊花 500 元的小费。不要了吧，既然我都是你妹妹，就不用付小费了。

这不是小费，是我给你的见面礼，以后哥哥还会经常给你惊喜的。

后来，菊花把这事用淡淡的语气告诉了顺子，顺子吩咐菊花不要太天真，不要轻信别人。娱乐城可是一个鱼龙混杂的场子，一不小心，就会沾上一身的腥臭，脱不开身来。

李总依旧隔三岔五便会找菊花聊聊天，走时也总会付一笔数目不菲的小费或买点女人的小礼物送给菊花，什么丝巾、香水、小包包。渐渐地，菊花似乎对李总有种亲人般的依赖，每天似乎都渴望与他见面，李总没来找她，她心里空空洞洞，怅然若失。

菊花把这种微妙的心情讲给她的要好同事巧莲。菊花问巧莲，不知为什么，我竟然对我的干哥哥李明天产生了亲人般的依赖和渴望，好像他真是我亲哥哥似的。干哥哥，什么干哥哥？菊花把事情的来龙去脉讲给巧莲听。巧莲听完，咯咯咯地笑个没完，笑出泪花朵朵，菊花，我说你呀，像个小孩子，真天真，你还真相信他那一套美丽的谎话，你喜欢上他了？小心被他骗了，你还帮他数钱哩。

菊花怅惘地躺在床上，辗转难眠。巧莲的话在她眼前飘来飘去，李明天的影子在他面前飘来飘去。

转眼间，菊花的生日到了，8月8日。那一天，顺子早早地下了班，去蛋糕店买了生日蛋糕，约菊花出来。

烛光摇曳，歌声缥缈。菊花陶醉在生日的喜悦中。顺子细声细语道，菊花，闭上眼睛，看我给你送了什么。菊花睁开眼睛，一部红色的手机放在手心。不，顺子，这手机还是你拿去用吧，我还不太习惯用这么奢侈的东西。你拿着吧，这是我送给你的生日礼物，一定要接受的，菊花，我想你的时候就会给你打电话。小小的手机，托在菊花的掌心，红嘟嘟的，她感到一种令人疼痛令人揪心的幸福。

一天晚上，李明天来到808号房，还是菊花整理房间。菊花，明哥今天的心情很好，最近做了一笔大生意，你陪我喝点红酒表示庆祝。明哥，我不会喝酒，我用可乐代吧。好，也行，可喜可贺加可乐，美人美酒，美哉也。李总打开一罐可乐，倒入高脚杯中，给自己倒了一杯红酒。红酒泛着绮艳的波光，在透明的高脚玻璃杯中忽悠荡漾着，漂亮极了。菊花突然想起书上看过一句话："红酒是情人的眼泪。"

李总软软地倚靠在沙发上，并招呼菊花坐在一旁。菊花远远地坐在沙发的另一端，有点不敢看李总，空气中似乎有点尴尬、沉闷。李总建议，菊花，这样动人的音乐，这样温情的时刻，不如我们跳一支舞吧，别浪费这样美好的气氛了。菊花忙摆手道，对不起，明哥，我是刚从乡下出来的，不会跳舞。不会跳不要紧，我教你，慢慢地你就会学会的。来，菊花，我教你，我的好妹妹。李总走了过来，绅士般地半跪在菊花面前，妹妹，哥哥请你跳支舞。菊花被他逗乐了，扑哧一声笑了起来。

李总笑逐颜开拉起菊花的手，随着深情款款的音乐跳起来。李总耐心地教着菊花每一个舞步。菊花红涨着脸，手忙脚乱，不时踩在李总洁白的皮鞋上。明哥，真是不好意思，我这人笨，学不会。菊花一边跳着，一边不停地说着对不起。没关系，没关系，明哥的眼神温柔地射向菊花，菊花忽然觉得有点意乱神迷了。明哥越搂越紧，这时菊花只觉得头有点晕眩，脚也渐渐地松软了。明哥，不跳了吧，我有点困了，也累了。不要紧，再跳两三圈，来，来，来……菊花勉强支撑着，终于眼前一黑，什么也不知道了。

李总迅速把菊花放倒在床上，脱掉菊花的衣服，掏出相机从各个方位拍了照。然后疯狂地扑上去，一遍一遍地蹂躏着菊花含苞欲放的身子。那杯可乐在无声地哭泣着，床单上那抹处女红在无声地奔流着。

等菊花醒来，发现光溜溜的自己，旁边还睡着鼾声如雷的李明天，她一切都明白了，她拼命地拍打着李明天。李总醒了，奸笑道，菊花，昨晚还睡得好吗？舒服吗？想不到，在这娱乐场所，你还是一个处女，我还以为你是一个情场高手了。你这畜生，流氓，我要去告你。告我，说得真轻巧，我李明天走南闯北，什么世面没见过，什么女人没玩过，你能对付得了我？

你，你……混蛋，禽兽不如，遭天雷劈，遭地雷轰。

菊花，我清纯的小妹妹，别怕，只要你乖乖听话，我会让你享尽一个女人应该有的荣华富贵，但请你给我听着，从今以后，你就是我的情人，绝不允许你再去结交别的男人，懂吗？否则，我会让你生不如死的。李明天掏出一张银行卡给菊花，这卡里有一万元，暂时够你花。花完了，告诉我一声，你要多少我就充多少钱进去。好了，菊花，我走了，我要去上班了，还有很多公务要处理哩！菊花把银行卡重重砸在他身上，掩面冲了出去。

下了班，菊花拖着滴血的身子摇摇晃晃进了宿舍，屋子里冷极了，白粉墙也冻得发了青。菊花躺在床上，眼泪直淌下来，嘴部抽动了一下，仿佛想笑，可是动弹不了，脸上像冻上了一层冰壳子，身上也像冻上了一层冰壳子。

巧莲关切地问她，菊花，怎么回事？生病了，不舒服。不问还好，刚一开口，菊花放声大哭起来。是不是你说的那个大哥欺负你了？菊花再也忍不住了，一股脑儿把事情的经过讲给了巧莲。菊花浑身都在颤抖着，巧莲，你说，我要不要去告诉顺子，我要不要找那个狗东西算账？

巧莲沉吟道，这事情暂时不要告诉顺子，我们先想想办法对付那个臭流氓。巧莲作冥思苦想状，忽然拍了拍床沿，这样吧，我在黑道上也认识几个朋友，他们挺讲义气的。你先假装在房间里陪李明天，然后我让我那几个朋友冲进去将他暴打一顿，并威胁他永远不再来纠缠你。不好吧？菊花道。

什么好不好的，活在这乱世里，没有一样东西不是千疮百孔，就应该对坏人狠一点，否则只会一辈子被他骑在胯下，任他宰割，你难道想再次重复上次的命运吗，你不想想你的顺子哥？再说，我只叫人教训他一顿，并不构成犯罪。怕什么，有老姐给你撑着，出了事我负责。巧莲男人般将胸脯拍得震天响。

菊花咬着牙点点头。也许这样，真的还能摆脱那个恶棍。巧莲一看菊花点了点头，顿时眉开眼笑，眉毛和眼睛连成一条线。我说呀，我的好妹妹，这就对了，不过，我叫那几个朋友帮忙，得打点打点他们，他们才会更加卖力。哎，我想问一下，完事后那个李总有没有给钱给你呀，应该给了不少吧，我们就用他自己的钱去揍他，你看如何？

哦，哦，他的确是给了我一万元，可是我没要，我嫌脏，恶心，我把银行卡砸在他身上了。哎呀，菊花你真蠢，白赔了身子，这样吧，我在这次计划里新添加一项，那就是暴打他一顿，再从他身上搞点钱，慰劳我的那几个兄弟，你没钱就算了。

为了摆脱李总，只有这样干了。一天，李总又来到808房间，菊花装扮出清纯迷人的样子，娇滴滴地偎依在李总的怀抱里，明哥，我现在可是你的人了，你可不要当负心汉，以后，明哥走到哪里，菊花的心就会追随到哪里。哪里，哪里，李总看着菊花可怜楚楚的样子，怎么会了，你放一万个心，我李明天怎舍得对如此迷人的佳人负心了？甜心，宝贝，来吧……李总把菊花压倒在床上。

突然，门被人踢开来，像晴天响起的雷声。啪的一声灯灭了，李明天像一条野狗被人拖下床来，拳头劈头盖脸雨点般地砸过来。巧莲的几个朋友翻走了李明天包里所有的现金，找到了一张银行卡，逼问出密码后，重重地抛下一句话，请你以后离菊花远点，我们会让你在这座城市死无葬身之地。

巧莲和她的三个朋友清点了钱，连同银行卡里的钱，一共两万元，四人各分了5000元。

事发后十天过去了，李明天像从人间蒸发，再也没有找菊花。菊花轻松地呼了一口气。

第十一天，菊花的裸照在整个娱乐城漫天飞舞，传得沸沸扬扬。菊花仔细一看，正是自己在 808 房间时被人偷拍的。这个李明天，畜生。娱乐城上下议论纷纷，炒得像开了麻将馆。不怀好意的同事走在她面前，故意大声说，你看看，你看看，想做婊子也要把事情做得干净利索点，把尾巴藏好了，谁也不会知道，谁也不会管你。你看你现在，把我们娱乐城的名声都搞臭了，还不快滚蛋，你还让我们活不活？

顺子很快知道这回事了，他望着菊花的照片浑身发抖。菊花跪在他面前，泣不成声地向顺子讲述了整个事情的经过。顺子紧紧地搂着菊花，一句话也不说。

菊花说，顺子，我冷，给我烧点热水。顺子开始烧热水，水快沸了，顺子把手按在壶上，可以感觉到那把温热的壶，像菊花的肩膀，一耸一耸地在他面前剧烈地摇晃着，并且发出呜呜咽咽的声音，像菊花的哭声。顺子站在壶旁边，发着呆，白茫茫的热气直冲到他脸上，顺子的脸很快被打湿了。

开水在炉上咕嘟咕嘟地叫着，冒着气泡。菊花站了起来，她把壶移到一边。煤气的火花，像一朵硕大的黑心的蓝色菊花，细长美丽的花瓣向炉里蜷曲着。菊花把火渐渐关小了，花瓣子渐渐地短了，短了，很快就没有了，只剩下一圈整整齐齐的小蓝牙齿，牙齿也渐渐地消隐去了，但是在完全消失之前，突然向外一扑，伸出一两寸长的尖利的獠牙，一瞬间，只听到"啪"的一声，火熄了，灰冷了，化为乌有。

菊花把煤气关了，又关上了门，上了门闩，重新打开了煤气，煤气所特有的幽幽如兰花般的香味甜味，逐渐加浓加深。在一旁发呆的顺子终于明白过来，他迅速地关了煤气，打开了所有的门窗，煤气的味道渐渐地淡了下去，房间里又冰冷起来。

顺子说，菊花，咱们远走高飞吧，离开这座伤心的城市吧。

淡蓝色的天幕被扯成一条一条，在寒风中簌簌飘动，风里同时飘着无数剪断了的神经的尖端。顺子和菊花离开了这座城市。临走前，顺子突然想给以前的包工头黄壮志打电话，他想问个明白，究竟是他指使的还是刘小丫指使的人打了他，还扣了他的血汗工钱。顺子在公用电话亭里一遍一遍地拨打着那个熟悉的电话号码，但电话里一直回响着，对不起，您拨打的用户已停机，对不起，您拨打的用户已停机……

顺子和菊花失魂落魄地离开了这座城市。

离开这座城市时，正值农历新年。家家户户飘出团圆年饭的清香，橘黄温馨的灯光洒满了整座城市，孩子们欢快地嬉戏着，蹦蹦跳跳地吵着要压岁钱，礼花在天空中怒放着，又一点一滴地落了下来，绚丽的烟花一瞬间温凉下来。

原来，爱比烟花还寂寞。

城市里的人们大多数回家了，与家人团聚，举杯庆贺新年的到来。顺子和菊花走在清清冷冷的街道上，心里凄惶凄惶的。他们看到了一个拾垃圾的老头，他坐在高高堆起的垃圾堆上，凛冽的寒风吹起他那单薄褴褛的衣裳，花白的胡须向上翻动着，脸上流着长长的鼻涕，他也不去擦它，整个身子就像一片落叶，在寒风中抖索着。顺子忍不住上去问老头，请问这位爷爷，这么冷的天，您怎么还不回家呀，外面很冷呀！老头说，我坐在这里听歌，对面酒店内的电视机里正放着——《常回家看看》，我也想回家呀，可我无家可归呀，我无老婆无儿无女的，年轻人。老人说着，说着，老泪纵横。顺子和菊花一时不知说什么为好。

顺子和菊花继续向前走着，路过一个卖红薯的摊车，摊主也是一个老人，凝重清寒的光线下，衬映着昏黄迷浊的眼，如同倦意浓厚的街灯，嘶哑着沉重沧桑的声音：烤红薯哟！一元钱一个。老人的声音悠长凄楚，被凉风吹散，一丝一缕飘漾开来，荒凉寂寞的味儿，溢满了长街，淡淡水样的轻愁，掠过夜的眉梢。灯光照耀下的老人，似一个揉皱惨白的纸团，倦伏在不起眼的角落。不远处，豪华的酒店灯火辉煌，广场上的烟花绚丽无比，这两幕鲜明的景象，闪烁出一个寂寞冷淡的夜，一回眸竟是泪眼苍茫。

顺子掏出 2 元钱，买了两个红薯，老人接过钱，咧着枯皱的嘴唇笑了，绽放成打皱的菊花状，谢谢你们，年轻人。夜色中老人闪烁的眼睛，透射出温暖感激的光芒，在这个异常清冷的夜里，别样生动鲜明起来。

菊花轻轻地剥开薯皮，暖香四溢，细细咀嚼，竟是一种温柔与悲苦交错的酸楚，薯心里夹杂着老人的泪呵！在这个灯红酒绿热闹惯了的城市，黑暗里的忧伤寂寞都被深深掩饰了，有谁来关注所谓"卑微"灵魂的冷暖与辛酸？买个红薯，也许只是为买老人的一掬微笑、一瓣心香、一片心的澄澈。

深夜不归的老人呵！你们的归宿在哪里？

离开老人的红薯摊，一路上细细地回想着，回想着，顺子和菊花的泪就像广场上的烟花，撒落下来，瞬间便冻结在这块热土上。《常回家看看》的旋律还在他们的耳边久久地回旋着，袅娜着，泪雨纷飞着……

在驶向另一座城市的车上，顺子郁闷地点燃一支烟，在冷凛的寒夜里，黑影沉沉的窗外，他的嘴上仿佛盛开了一朵橙红色的花朵，火光熄灭了，鲜花立刻凋谢了，又是无穷无尽的寒冷与空洞的黑暗。他恼怒地又点燃了一支烟，一支一支地抽下去……

顺子和菊花的第一个故事，也就在顺子的这一支烟里，燃尽了。

第
4
章

老板逃跑了

顺子和菊花来到 S 城，两人以月租 250 元的价钱租了间简易的小屋。黄昏时刻，昏黄的斜阳从他们老家的方向照过来，如他们那如烟似雾的乡愁。

乡愁是什么？顺子说，乡愁是余光中的诗，傍晚时分，他和菊花坐在街道边，看车水马龙，顺子轻轻地吟唱着余光中的诗：小时候/乡愁是一枚小小的邮票/我在这头/母亲在那头/长大后/乡愁是一张窄窄的船票/我在这头/新娘在那头/后来啊/乡愁是一方矮矮的坟墓/我在外头/母亲在里头/而现在/乡愁是一湾浅浅的海峡/我在这头/大陆在那头。菊花在旁边轻轻地打着拍子，若有所思……

在这幢楼里，有很多外地人在这里租房。一天到晚，乒乒乓乓的，好不热闹。

顺子的隔壁住着一对中年夫妻，夫妻俩的感情似乎不是很好，一天到晚练嗓子吐口水，吵吵闹闹，女人不是在数落男人，就是在放声号哭。碰上下雨天，窗外的风雨潮水般地高涨起来，女人男人呜呜叫嚣着，然后又是死寂中的一阵哭声，再接着一阵风声雨声，各不相犯，像舞台上太明显的加上去的音响效果。

夫妻俩的拉锯式的战役，吵得顺子和菊花昼夜不得安宁。

有一天，顺子和菊花忽然觉得隔壁房间静悄悄的，是从未有过的景象。菊花隐约地涌上不祥的预感，可能要出事了，菊花在心里默默地念叨着。她想上去敲敲门，却又怕冒犯别人。

三天过去了，菊花闻到一股浓烈刺鼻的臭味，还夹杂着血腥的气味。那死猪般的臭味似乎是从隔壁那对夫妻的房间里飘出来的。

菊花告诉顺子，顺子连忙跑下楼告诉房东。房东拔腿就往上跑，打开了门，一看惊呆了，血迹斑斑的地板上躺着一个女人，正是隔壁那家男人的老婆。她的脖子处被刀子割了一个大口子，血已凝固成暗黑色，像乡下灶台上黑黝黝的锅巴。菊花惊叫一声，就晕倒在地上。房东也吓得软乎乎，赶紧打了110报警。

不一会儿，警察来了，拉起了警戒线。对这幢楼里的住户挨个传讯审问。经过一一排查，警察初步判断为这个女人是被其丈夫所杀。可是那个男人已经跑得不见踪影了。

自从这幢出租屋里出了凶杀案，租户都感觉毛骨悚然的。胆小的租户都纷纷搬走了，只有几户大胆的男人家还继续在这里租住，因为这里的房子太便宜了。

菊花只觉得胸头充塞了吐不出咽不下的郁闷，辗转，辗转，辗转地思想着，在黄昏的窗前，在萧条的雨夜，在惨淡的黎明。呵，这人世间的事啊，是无尽的苍凉。她想，自己和顺子的未来，有一天是不是也像这对夫妻一样，有着和她一样悲惨的命运？她幽幽地叹了一口气，颤抖地问顺子，我们将来的婚姻会美满幸福吗？

顺子细言细语地安慰她，菊花，别乱想了，我会疼你呵护你一辈子的，永远不会伤害你。菊花说，顺子，咱们也搬走吧，这是凶宅，我害怕，住在这里不吉祥。顺子为难地说，这里的房租比较便宜，房东为了留住我们，已经将房租降到 100 元 / 月，恐怕再也租不到这么便宜的房子了。菊花不再言语，不知为什么，菊花的眼睛突然湿润了，她怀想起乡下的点点滴滴的宁静来，乡下亲切的乡情，还有那漫山遍野的杜鹃花，香喷喷的山茶花。

南方的夜晚多风，呼啦啦的风刮进他们的房间里，就像那个女人呜咽的哭声，又像凄厉的叫声。屋前的那一棵树，大风吹着，叶子一面儿绿一面儿白，掀腾翻覆，银光四溅，像是从月宫里派来的天兵天将，欲将人间的灵魂收回天宫去。菊花抱紧顺子，身子像掉入冰窖，出奇地寒冷。她再一次央求顺子，顺子，咱们搬走吧，我实在太害怕了，整晚整晚都在做噩梦，梦到的都是她，我都快要吓疯了。顺子说，好吧，住满最后两天，咱们就搬走。

可就在他们准备搬走的前天晚上，两人睡得正熟。一阵猛烈的踢门声把他们惊醒了，有人在外面高声叫喊道，查房了，快开门，再不开，我就砸门了。

顺子和菊花从睡梦中惊醒。菊花睁着惊恐的大眼睛望着顺子。顺子说，不好了，治安队查房了，他们要查暂住证的，可我们没有，怎么办？这门是给他们开还是不开。顺子望了望窗户，没有一处可落脚可逃走的地方。门踢得更加猛烈，如同巨大气球在半空中爆炸。

无奈，顺子只好打开了房门。三个彪形大汉气冲冲地走了进来，手电筒明晃晃地直照着顺子和菊花的眼睛，照得他们的眼睛都睁不开，啪的一声，电灯被他们打开了。

睡得跟死猪似的，叫了半天都不开门，把你们的暂住证拿出来。三个治安队员恶狠狠地叫道。对不起，我们刚刚来到这里，正在找工作，还没来得及办暂住证，顺子赔着笑脸，递过三支烟和打火机，小心翼翼地说道。少废话，刚来也得办，这是当地的规矩你不知道吗？这也是保障你们的安全。好，你说你刚来，那么你把最近的车票拿出来让我们瞧瞧。车票，车票……顺子有点语无伦次，车票，车票早已被我弄掉了，不好意思。

不好意思，一句不好意思就可以解决了，得先罚款，罚款，知道吗？哦，对了，你跟这个女的是什么关系，她是你老婆还是女朋友？是老婆的话就拿结婚证出来！菊花正想接话，顺子笑道，她是我未婚妻，我们正准备再过半个月就结婚，所以暂时没有结婚证。没有结婚证，那就是非法同居啦，再说了，我凭什么相信她是你的未婚妻，万一是你找的鸡婆，躲在这里嫖娼。顺子说，她真是我的未婚妻，真是我的未婚妻。

顺子接着问，那你要我们怎么办？怎么办？两证都没有，要是你们不想蹲拘留所的话，现在就罚款500元，我们当场就放了你们。顺子赔笑道，脸上的肌肉都堆成一块了。大哥，能不能少罚点，我们打工的在外面求生存不容易呀！大哥您就手下留情。留情，我罚你们500元已经是很客气啦，我要是把你们关进拘留所去，不拿2000元赎人，我们就一直把你们关着。你小子识相点，再不识相，我可要动手抓人啦！三个治安队员摆好了要抓人的架势。

别，别抓人，我交，我交，我交还不行呀？顺子望着一旁惊慌失措的菊花，抖抖索索地从包里拿出500元。他刚拿出钱，治安队员一把抢了过去，点了点数，塞进口袋里。顺子问道，能不能麻烦你们开张发票、收据什么的？开发票、收据？你小子吃饱了撑的，要是开收据和发票，那就再加300元，你真他妈的是乡下大山沟沟里挤出来的，给你脸你不要脸，不识抬举。走，我们走。三个治安队员大摇大摆地走了，房门被他们重重地关上。

菊花发着呆，脸颊火烫烫的，滚下两行清泪，更觉得冰凉，直凉到心窝里。菊花抬起手背揩了一揩，再也掩饰不住，大声地哭起来，哭声响彻整幢楼，哭得整幢楼房都摇摇欲坠起来。

　　菊花一边哭，一边数落道，顺子，要是你早听我的话早走，咱们也不要出这冤枉钱受这冤枉气，你就是不听。不听，就是不听，我怎么知道会发生这样的事，你以为我愿意呀，我蠢猪呀!? 我还不是想省点房租钱？这没钱的日子过得紧巴巴的。顺子也上气了，恼羞成怒地回答，这是他第一次对菊花凶。

　　菊花一听顺子凶她，哭得更响亮了，上气不接下气。哭，哭，你们女人就知道哭，眼泪都成了你们女人的专利品了，哭能解决什么问题？明天我们就不要再租房了，身上的钱已不多，暂时只有睡桥洞、睡广场、蹲大街了。顺子一屁股跌坐在床沿上，泪水也流了出来。哭了半宿，顺子搂住菊花，好了，别哭了，别哭了，是我不对，是我不对，我跟你道歉，我给自己一记耳光。明天我出去找工作，明天，明天，无论如何我都要找到一份工作。"啪"的一声，顺子重重地给了自己一记耳光。

　　菊花破涕笑了，但还是抽抽咽咽地哭泣。说，顺子，我明天，明天也一定要找到一份工作，我不想再连累你啦。天快亮时，菊花第一次将自己的衣服脱得光溜溜的，向着顺子的身子贴上去，说，顺子，你就要了我吧，我身子已经不干净，被那个禽兽玷污了，你就要了我吧，也许明天咱们都找到了工作，就要分隔两地，再相见的时间就会很短暂，你就要了我吧。

　　顺子默默地看着柔情似水的菊花，点了点头……他们在汹涌如潮的泪水中完成了爱的神圣的使命。菊花咧开嘴，心酸又幸福地笑了，笑得像一朵洁白高雅的山茶花。

　　风平浪静。顺子咬着菊花的耳根，软语哝哝，菊花，谢谢你，要我送你点什么？菊花抚摸着顺子凉凉的脖颈，开玩笑似的说，我要一串从西藏带回来的佛珠，如果你真正爱我的话，最好带我去西藏。在西藏的高山上，在辽远如古的风野中，在经久不息的钟声中，我要让我心爱的男人，不，是我未来的丈夫，亲手为我戴上大慈大悲的佛珠，摘下冰清玉洁的雪莲花，你能做到吗？

这有什么不能，到时我一定带你去，亲手为你戴上佛珠，摘雪莲花。顺子的目光坚定有力，在菊花的心间幻化成一个巨大的电磁场，召唤着她飞蛾般向他扑去。他就像她的母亲，菊花眷恋着她子宫里的温暖，贪婪地附在她的胎盘上。

他们再一次陷入无尽的缠绵与贪恋，爱情的蝴蝶在他俩的身上翩翩起舞……

第二天，他们来到人流如织的劳务市场。顺子看到有一家公司招搬运工。他拼命地从人流中挤到了主考官前。主考官斜着三角眼看了看他那健康黝黑的肌肉，甚是满意，当场就录取了他。菊花也很顺利地找到了一份清洁工的工作。两个人工作的地方隔得很近，这样两人又可以经常在一起了，两人出了劳务市场，就击掌相庆了。

两人当晚回到出租屋，在外面叫了两份3元钱的快餐，还买了一瓶雪花啤酒。两人在房间举杯庆贺，笑得合不拢嘴了。突然，菊花感到一阵恶心，哗啦哗啦，把肚子里吃的东西全呕了出来。

怎么了，菊花，感冒了，哪里不舒服？顺子关切地问道，摸了摸菊花的额头，不发烧呀！没事的，顺子，我一向身体很好，可能是有点累了吧。顺子说，我带你去诊所看一看是什么病，反正咱们现在都有工作了，很快就有钱了。身体可是革命的本钱哟，我还等着你给我生儿子哩！菊花默默地点了点头，软绵绵地偎依在顺子的怀抱里，像一只待宰的羔羊，目光凄楚柔婉。

顺子带着菊花来到最近的一家诊所。接诊的是一个女医生，她详细地问了问菊花的病情，用疑惑的眼神扫了扫顺子。把菊花拉到妇科的病房里仔细检查一番，然后就把菊花带了出来。女医生问顺子，她是你老婆还是你女朋友？顺子说，是我女朋友，我俩快要结婚了。哦，这样啊，你们得赶快办结婚证，你女朋友已经有三个月的身孕了。菊花和顺子如同五雷轰顶，顺子将自己的双手搓得滴溜溜地转。

昨晚，顺子才第一次同菊花圆房呀，怎么已有三个月的身孕了？难道是那个畜生李明天的种？顺子头晕眼花地问医生，这是千真万确的。当然是千真万确的，年轻人，你难道做了好事，还羞于承认，赶快办结婚证吧。女医生冷冰冰地回答，扯着破砂锅般的嗓子，下一位病人，快点。

一路上，两人都默言不语，默默地向出租屋走去，远远望去，出租屋的绿玻璃晃动着灯光，绿幽幽的，一方一方，像薄荷酒里的冰块，渐渐地冰块也化成了水——雾浓了，窗格里的灯光也消失了，停电了，显得格外寒冷。

菊花拖着憔悴不堪的身子，觉得世界都在天旋地转，再也找不到方向。顺子怅然地坐在地上，抱着头，一语不发。良久，菊花说，顺子，咱们做掉他吧，这是个孽种。

做掉？流产对一个女人的身体有很大的伤害，有的女人流产后，落下各种妇科病不说，还有可能会造成终生不育，我不能让你去冒这个险，我还想将来能有我们自己的孩子，再说，孩子是无辜的，干脆你把她生下来，我心甘情愿做他的父亲。

顺子，你真是世界上最好最好的男人，我菊花几时几世修来这么好的福分。顺子，今生今世我都对不起你了。说什么傻话了，你是我最挚爱的女人，我不心疼你还能疼谁呢？那，那你可要对你的家人隐瞒哟。没问题，我父亲还是好对付的。

一说到父亲，顺子的眼睛又湿润起来，薄薄的雾气在他眼前氤氲弥漫。

菊花，你知道我父亲的眼睛是怎么瞎的吗？菊花摇摇头，不知道。顺子悠长地叹了一口气，我母亲在我 10 岁那年就得病去世了，父亲和母亲的感情非常好，母亲去世后，父亲悲痛万分，终日以泪洗面，父亲的视力也就越来越模糊，长年累月，父亲的眼睛哭瞎了，瞎了。在这个世界上，我最爱的人有三个，一个就是你菊花，一个是我的父亲，一个是我那死去的母亲。我肯定不会把事情的真相告诉他，我不愿意再次打击他，过去的事情就让它过去吧！我们年轻的时候多挣点钱，让他安心地度一个祥和幸福的晚年。

　　好了，菊花，别乱想了，想多了人老得快。干脆你不要上班，我已经找到了一份工作，咱们节约一点，我相信我能养活你，因为我是一个男人，一个顶天立地的男人，能让自己的女人和孩子过上好日子。等你把孩子顺顺利利生下来，我们就回老家结婚，在乡下度一个安宁温馨的蜜月。顺子挥了挥拳头，拳头在手腕上微微地颤抖着。

　　不，不，我才三个月的身孕，我还可以坚持五个月，最后两个月我再休息，我不想让你一个人太累了，我心疼，我愧疚。顺子说，别，别这样，这样你会感到疲劳的，人一旦受劳累，就会影响胎儿的生长发育，对母体也不利。

　　不，不会的，适度的劳动对胎儿的发育只有好处，在工作中我会好好地注意自己的。那好吧，你要是觉得身子支撑不过来，就随时辞工，即使你这一辈子没有工作，我都会养你的。

　　顺子工作的那家公司是一家台湾人开的电子厂。顺子每天的工作就是在仓库里把成捆的电子产品包装好，送到车上，发给各个厂家，再把成包成捆的原材料搬进仓库。一天到晚，顺子累得像只转盘，腰酸背痛，头晕眼花。晚上直挺挺地躺在床上，连饭都不想吃。有时半夜里来了货，顺子得从床上爬起来卸货。但顺子咬着牙坚持着，他得为菊花好好地活着。日复一日，顺子慢慢地适应了这种超负荷的工作，身子骨也奇迹般地硬朗壮实起来。

菊花在一家机械厂当了一名清洁工，活儿倒不是挺重，老板看着柔弱如风的菊花，特意安排了较轻松的活儿给她。

星期天，菊花和顺子两人都休息，双双来到公园的草地上散步，感受着南方热辣辣的阳光，在那明亮柔和的光线里、蔚蓝的天空里，在车水马龙的繁荣中，顺子似乎又看到了美好的未来，他偷偷地笑了。

菊花的肚子如同气球一天天地隆起来，老板给她干的活也越来越少，当然，工钱也就给得越来越少。到了第八个月的时候，菊花终于支撑不住了，辞掉了工作，做起了一名全职太太。俩人在外面租了一间房。菊花每天的工作就是用毛线一针一针地织着小孩子的衣服，旧毛线还是从地摊上淘来的，她当宝贝似的使用着。

菊花精心地做好每一顿饭。菜都是菊花凌晨 5 点钟从批发市场买来的，批发市场的早市菜比一般的菜市场都要便宜，但疏菜还是蛮新鲜的。日复一日，月复一月，菊花沉浸在做全职太太的甜蜜温馨中。每天迎着朝阳送顺子去上班，白天在家织小孩的衣服，晚上倚在门槛上，静静地看着顺子踏着城市的月色和灯光回来，菊花的心里盛满了海水般的喜悦。两人相互拥抱一下，就着城市的灯光，一起共用晚餐，饭桌上含情脉脉地对视着，他们的日子简单清贫却又幸福着。

流光飞逝，还有半个月，菊花就要生产了。顺子的心却异常地焦灼起来，有一块煤在他心底始终燃烧着，揪痛着他的心。原来他在这家电子厂干了半年，一共才领了两个月的工资，共 900 元。老板总是以各种理由，拖欠工人的工资。半年下来，顺子的钱包里只有 600 来块钱了，而菊花原来所挣的钱也填在房租、水电、生活费和最基本的营养品上。就这么一点钱，在正规医院里生个孩子是不行的。

顺子没路可走，只有亲自去讨薪了。他鼓足勇气，走到老板的办公室。老板姓蒋，叫蒋方圆。他一走进办公室，蒋总正嚼着台湾槟榔，吧唧吧唧的，满口都是红乎乎的，像是在喝着蚊子的血。

顺子在心底恨恨地骂道，吸血鬼，就知道榨取工人的血汗钱，总有一天，你会遭到报应的。顺子整了整衣服，清咳了两声，脸上堆砌着讨好的笑意，声音甜得像含了一块糖，到处攀交情，他献媚道，蒋总，不好意思，打扰您了，我有一件事情相求，我的老婆快要生产了，急需要钱，您能不能把我那四个月的工资付给我。我代表我的妻子、我的孩子、我的老爹感激您。顺子说着说着，声音便哽咽了。

蒋总将嘴里的槟榔渣子吐了出来，意犹未尽地用舌头舔了舔嘴唇，扯了扯笔挺的西装，咳了两声，不慌不忙地说，顺子，我能理解你的难处，但你也要理解我的难处，这一年来，生意呈直线下跌，已发出去的货，货款却收不回来，可厂里的机器照常在运转，你们的吃喝拉撒都是钱呀，还有厂房的租金、水电，产品的原材料，这些都需要钱去打点呀！我也难呀，再说，这工资不是不发给你们，只是说迟一点，迟一点，我争取在下半年里把货款收回来，把欠下的工钱都发给你们。好了，好了，现在我很忙，你先出去，工资的事以后再说，以后再说。

顺子还想说，我也很困难，我老婆都要生孩子了，生孩子可是等不得了，求求你了，老板。这时，走进来一个保安，抓住顺子的衣领把他提了出去，顺子一个趔趄，差点没摔倒。顺子心里恨恨地骂道，哈巴狗，狗杂种。老板房间的门就在顺子的摇摇晃晃和骂声中重重地关上了。

顺子拖着沉重的双腿茫然失神地回到宿舍。菊花快要生产了，虽然生的不是自己的孩子，可他心里也是欢喜的。他深深地爱着菊花，可眼下没钱怎么办？在这座城市举目无亲，在这个厂里的同事也都是紧巴巴地过着日子，想来想去，找不到一个可以借钱的人。顺子感到一阵浓郁的悲哀，像一杯烈酒夹杂着辣椒，直呛喉咙，想咳却咳不出来，憋得发慌。

顺子没精打采地坐在床沿上，几个工友围了上来，关切地问，顺子，发生了什么事？顺子把情况一五一十地告诉了工友们。他们听了唏嘘一片，有几个多情的工友眼睛都红润了。同情归同情，可是没有一个同事愿意把钱借给他，大家的口袋里都只有紧巴巴的一点钱，他们好几个月的工资也同样被老板拖欠着，老婆、孩子都眼巴巴地等着钱用呢。

在一片唉声叹气声中，最后，大家想出了一个办法，那就是搬运组的6个工友联合起来讨薪，6个人爬到公司的最高楼层8楼，向老板示威，要是不发清拖欠的工钱，他们就从8楼跳下去，眼下也只能这样办了。想到这里，他们不禁热血沸腾起来。

有个工友出了宿舍，去外面买了一斤干的红辣椒，说，伙计们，来，吃红辣椒。自古英雄靠酒来壮胆，我们不要酒，喝了酒，我们明天就起不来。我们只要红辣椒，它增加我们的热量。吃完了辣椒，我们明天就有足够的勇气去跳楼讨薪。大伙儿你一口我一口，大口大口地嚼着红辣椒，辣椒的热气与辣味直冲上他们的脸庞，透红透亮，整个宿舍都被他们心中的怒火给点燃了。辣椒呛得工友们哈哧哈哧的，顺子的眼睛湿润了。

搬运组的6个工人一夜无眠，红辣椒如同一把熊熊的火焰在他们心底烈烈地燃烧着。

第二天清晨，越来越发电子公司八楼的顶房上站了6个工人，他们手里高高地举起一块牌子，上面写着，请把拖欠的工钱发给我们，我们要生活，我们要生存。蒋总叫了几个保安上去拉他们下来。保安刚一爬上楼去。6个工友举着明晃晃的刀喊道，你们哪个不怕死，就上来拖我们。保安吓得抖抖索索地滚了下去。蒋总一气之下，就干脆不搭理他们，继续有滋有味地在办公室里嚼他心爱的台湾槟榔，打他那永远也打不完的电话。

越来越发电子公司地处繁华热闹的街道，车水马龙。很快，街道上围了一大群看热闹的人，将楼前的街道围得水泄不通。不一会儿，警车也闻讯赶过来了，电视台的记者也过来了，劳动局的人也过来了。警察在地上铺起了厚厚的气垫。

警察和记者在下面喊话，你们快下来吧，下来了，有什么事情好商量好解决。

这时，蒋总一看情势不对，红涨着脸，像吐出的蛇芯子，他从办公室里走了出来，亲自爬到8楼，说，我答应你们，再过三天，就发放整个公司员工所拖欠的工资，绝不食言，对天对地对着群众发誓，你们现在给我下来。在下面的公司员工一听，围抱在一起，欢天喜地，哗哗啦啦地响起了雷鸣般的掌声，震耳欲聋。

工人从楼上走下来了，压抑着心中的喜悦、胜利之感。阳光电视台的记者飞快地迎了上去，采访顺子。顺子激动地对着镜头说，我们也不想这样，但是老板已经把我们逼到这个分上，我的老婆快要生产了，我筹不到她上医院的钱，我心里苦呀，苦呀，你们媒体记者一定要帮帮我的忙呀，帮帮我们这些处于最底层最弱势的城市边缘人。顺子眼泪哗哗，直把那个记者也感动得眼睛都湿润了，他握着顺子的手，直摇晃着，一定，一定，我一定用最快的时间将这件事情报道出来。

工人们紧紧地把他们6个人抱在一起，欢呼着，庆贺着，激动地说，你们6个人，就是一支"敢死队"，真是我们心目中的大英雄，我们全厂的工人都感激你们，早知道这方法奏效，早就应该这样惩治那个王八蛋了。工人们把搬运组的6个人抬起来，高高地抛起来，哦，哦哦，……有钱发了……

有钱发了……

电视台当晚在黄金时段报道了工人们跳楼讨薪的新闻，工人们看了，无不拍手称快。

就在顺子他们满心期待着老板三天后发放工资，老板居然在一夜之间无声无息地从这座城市里消失了，跑得无影无踪，电话也停掉了。昔日热热闹闹的工厂顿时变得鸦雀无声。工人们都发傻了，等他们明白过来，才知道是老板跑了。

老板跑了，老板跑了，这一消息传开来，工人们都抱头哭起来，在厂区内东蹿西蹿，寻找着蛛丝马迹，像一锅煮沸的稀粥。将死气沉沉的工厂上下翻了个底朝天。哭够了，醒过神来，那些没跳楼的工人把搬运组的6个人围了起来，大声指责他们，都怪你们，都怪你们，都怪你们跳什么楼，作什么秀，这下可好，把老板都吓跑了，彻底没希望了，我们一年的辛苦钱都打了水漂，这日子怎么过呀，怎么过呀？我们也有老婆孩子要养呀，上有老下有小，这日子怎么过呀！？

工人们唾沫横飞，情绪高亢激昂。搬运组的6个人站在工人的中间，红涨着脸，好像他们真是天大的罪人，一句话也没有说。工人的情绪越涨越高，有工人愤怒地跳起来，操起车间里的铁器，向他们挥过来，还有工人向他们扔烟头。搬运组的6个人回过神，拼命地从人群中杀开一条血路，一溜烟跑了，工人从后面追赶着、哭喊着，就像一支哭丧队，哭得最后变成呜呜咽咽，凄凄惨惨。

顺子狼狈不堪地回到出租屋，在奔跑的过程中，丢掉了一只皮鞋。顺子躺在床上一动不动，他口袋里只有600元钱了，这笔钱既要供菊花生产，供她坐月子，还要抚养小孩，怎么办呀?! 菊花坐在床边小声地抽泣着，哭了半天，直哭得两眼发白，才慢腾腾地走了出去，她要把顺子丢掉的那只皮鞋捡回来，那是她和顺子初恋时她送给他的生日礼物。丢掉了那只皮鞋，便丢掉了他们的爱情，菊花要把那一半的爱情找回来。

菊花在顺子的回家路线上仔细地搜寻着，转悠了大半圈，还是没有找着。菊花感到很惘然，两只双眼皮跳得很厉害，有一种不祥的预感。

第二天，菊花的肚子剧烈地疼痛起来，看样子是快要生产了。顺子哆嗦地摸了摸口袋里仅留下的 600 元钱，像是摸出了一座金山。他把菊花送进了一家私人诊所。私人诊所规模小，收费也低，当然也存在非常大的安全隐患。顺子顾不上那么多了。诊所里接生的医生，是新来的，细眉细眼，却笨手笨脚，一看那动作就不是很娴熟。菊花叫天叫地被她折腾了一天一夜，孩子好不容易生了出来，可是由于在母体内折腾太久，缺氧窒息而死，菊花也被她弄得血流不止，躺在床上动弹不得，气若游丝。

也就是在那家黑诊所里，菊花永远失去了做母亲的权利。顺子痛心疾首，痛不欲生，他真想将那个女医生的皮剥下来，放在广场上去公之于众，一刀剁掉那个黑心的蒋老板。

孩子没有了，没有了，这真是天意呀。菊花躺在床上喃喃自语：这真是上天给的报应呀，报应呀，这孩子本来就不是你的，这是上天要将他收回去，这是上天要将他收回去……收回去……可是上天不应该收回我们的孩子，收回我做母亲的权利，收回我做母亲的权利……

顺子握着菊花苍白无力的手，低下头去，想把脸颊偎在她的手臂上，安慰安慰她，可是不知为什么，他的手悬在半空中了，眼泪却纷纷扬扬地落下来。他伏在病床上，枕着手臂——可那是他自己苍凉的手臂。顺子摸索着菊花手上的翠玉镯子，徐徐地将镯子顺着菊花瘦弱的手臂往上推，一直推到腋下，一种深沉的悲哀涌上他的心头——没完没了的忧愁。

病床上的菊花，像绣在屏风上的一只鸟，年深日久，苍老了，羽毛暗了，霉了，给虫蛀了，死一般地躺在白色的屏风上。

远处的街道上，有小贩在慢悠悠地叫卖着食物，四个字一句，也不知道他在卖什么，只听得出极长极长的忧伤。一群群朝气焕发的青年男女唱着流行歌曲，嘻嘻哈哈地走了过去。黑沉沉的夜的重压下，他们的歌声是一种顶撞、轻薄、薄弱的，一下子就消失得无影无踪，而小贩们清亮的吆喝声，却唱彻了一条街，整个世界的烦恼仿佛都被挑在他们的担子上了。

良久，顺子从牙缝里挤出话来，孩子没有了，工作也没有了，菊花，我们太累了，先回老家休息休息吧，看望我那可怜的老父亲，然后我们举行婚礼冲冲晦气。菊花点了点头，突然抱着顺子的腰号啕大哭起来，她那极其蓬松的头发像一盆炭火往外冒着热气，如同一个含冤的小孩，哭着，下不了台了，不知道怎样停止，声嘶力竭，也得继续哭下去，渐渐地忘了起初是为什么哭的。顺子吃力地说："不，不，不要这样……不要紧的……"

窗外的雨越下越大。天忽然背过脸来，漆黑的大脸，吓得尘世上的一切事物都惊惶遁逃，黑暗里轰轰隆隆。痛楚的青、黑、白、紫，一闪一闪，照进他们的小屋。墙壁被逼得往里凹进去。几只苍蝇在他们的头上嗡嗡地飞鸣，碧亮的电光里不时飞出凄厉的女鬼来。

街道两边苍翠的树，静静的，一棵连着一棵，像一个个电线杆，没有一点胡思乱想的念头。每一棵树下团团围着一大摊绿色的落叶，乍一看上去，像一团树的倒影。

回到家乡，顺子那双目失明的父亲，听到新媳妇到来的脚步声，非常高兴。菊花还没进家门，他就点燃一挂鞭炮，足足燃放了五分钟，清亮的鞭炮声响彻着整个村庄。人们纷纷探出头来，看热闹，感叹道，顺子他爹，苦日子终于熬到头了。

顺子的父亲用干枯如柴的双手摩挲着菊花的脸蛋、菊花的手，笑得合不挑嘴。菊花，真是个好姑娘，这是我家的顺子几辈子修来的福气呀。菊花，坐，我去给你们沏茶。不用了，菊花站起来。我们自己来，我们自己来。

顺子的父亲颤颤巍巍地回到了房间，摸索半天，从房间里摸出一只翠绿的镯子来，说，菊花呀，我们祖传下来有两只镯子，一只已经给了顺子，顺子已经把那个转送给你，这个就让顺子戴，你们戴着它，在顺子娘坟前双双磕个头，希望你们连成同心结，永结百年之好，这样，我死也瞑目了，也对得起九泉之下的顺子他娘。你们结婚后，给我生一大群孙子，我也可以照顾他们。这样，我再也不会孤单寂寞了。

顺子含着泪戴上了镯子，望了望菊花，只见她的眼圈火红火红的，像一块燃烧正旺的炭火，毕毕剥剥作响。

在家乡的日子温馨宁静，清新淳朴。顺子和菊花忙前忙后，尽最大的努力照顾顺子的父亲，全家其乐融融。顺子的父亲整天笑呵呵的，只是不断地催促他们去办结婚证。

顺子呀，顺子，你啥时能让爹抱上孙子，早点结婚早点生娃吧，生晚了，爹也没力气抱他啰，爹老了，爹真的老了……

顺子的父亲颤颤巍巍地回到里屋，拿出三双布鞋来，两双大人鞋，一双娃娃鞋。大人鞋里各自放了一枚鲜红的鸡蛋，这是黑灯村的风俗，在鞋里埋上红鸡蛋，示意着要儿媳早生贵子。

红鸡蛋耀眼的红光将菊花的眼睛刺得生疼生疼，从那以后，菊花对红色便有了一种难以言说的畏惧感，看久了刺眼的红色，就要得色盲症似的。

爹呀……爹呀……爹……穿着爹做的鞋，暖脚暖心又暖怀。

"红鸡蛋"和布鞋深深触动了菊花的心扉，他提及的孙子是菊花心中难以启齿的痛。那晚，菊花第一次主动吻了顺子，她的眼泪静静地流了一脸，是顺子哭了还是菊花哭了，两人都不分明。窗外还是那不着边际的轻风湿雾，虚飘飘叫人浑身乏力，只有在拥抱上。菊花紧紧地吊在顺子的脖颈上，老是觉得不对劲，换一个姿势，又换一个姿势，不知道怎样贴得更紧一点才好，恨不得生在顺子身上，镶嵌在顺子的身上。顺子的心里乱哄哄的，不知是感动还是凄凉。

就在顺子准备第二天和菊花领结婚证时，菊花却从村庄里蒸发了。菊花留下一封信和那只翠绿的镯子，还有她生日时顺子送给她的那部手机。菊花在信里写道，真对不起了，顺子，我配不上你，我没能保住干净的身子，我又不能生育你的孩子，忘掉我吧，重新找一个好女孩好好过日子，生儿育女，照顾你那可怜可亲可爱的父亲。我走了，忘记我吧，感谢你曾经给我的美好岁月，等我有能力的时候我会报答你的，来生我一定做你最美丽最贤惠最幸福的新娘。

顺子的泪水把信纸都浸湿了。顺子的父亲诧异地问他，怎么回事？父亲问顺子这句话时，脸上还是浓浓的一堆笑，不到半秒钟，那笑容就冻僵在嘴唇上了，像挂了层厚厚的冰凌花，再也化不掉了。

顺子的背部一抽一抽，俯伏下去，不像在哭，倒像是吃了不干净的东西，在翻肠搅胃地呕吐，可是最后什么也没有吐出来。他看着那双翠绿的镯子，它就像玻璃盒里绿蝴蝶的标本，鲜艳而凄怆，迷茫而怅惘。

菊花是不是跑了？是不是姑娘嫌咱家穷？嫌我是个瞎子，怕我拖累你们？顺子呀，你找到她后，告诉她，我不会拖累你们的，我完全不要你们的照顾，你们在外面漂泊的那些日子，我都挺过来了，这些年来，我还存了5000元，是一个一个鸡蛋里攒出来的，是打算给你们结婚用的。她要是真嫌爹瞎，爹可以从你们面前完全消失……

爹，我求求你了，求求你，别说了，别说了，我难受。顺子捂住了父亲的嘴。他紧紧地抱住白发苍苍的父亲。父亲的嘴唇嗫嚅着，老泪纵横。儿呀儿，我苦命的儿呀，你父亲无用无能呀，当初你娘给你起顺子这个名字，就是希望你的日子过得顺顺利利、红红火火，可这日子咋就过得比黄连还苦嘞……儿呀儿。

顺子决定南下寻找菊花，把她带回家，举行婚礼，了却父亲的心愿。

顺子的脑海里蓦然浮现工人们愤怒无助的眼神。他们的身影成了他心底永远的烙印，怎么也抹不掉的。可这次顺子没有哭，他的泪水早已干枯了，就像他们家门前那条干枯开裂的河流。

生在这世上，没有一样感情不是千疮百孔的，然而现在菊花和顺子还是真挚地相爱着，虽然已是相隔两方，但心灵还是息息相通的。踏着满地的落花，一路走下去，顺子说，他要去找菊花了，菊花是他的希望，是父亲的希望，是全家人的希望……他蹒跚地朝着希望走去。

乡村小路旁的小树正苍翠碧绿着，它们衬映着墨黑墨黑的墙，格外的醒目美丽。被风吹落的叶子，从高高的树梢上飘下来，一飞一个漂亮的大弧线，争先恐后地抢在顺子的前头，像一个路标，指引着顺子远行的道路……顺子不知疲倦地行走着，他有叶子做伴哩！

第
5
章

魔鬼的诱惑

菊花吻别黑灯村时，天空淡如烟，烟如云，云如梦，连池塘里的一抹清波也冷飒飒的，惊人心怵。四处静寂无声，似千年沉睡的古城，不再复苏。苍茫中，豁地喧闹起来。哭喊声，笑声，叫骂声，脚步声，叽叽喳喳，嘈嘈切切，像个杂艺团，热闹缤纷起来。

车身远了，隔山隔水，隔情隔景，清淡古远，从村庄里将菊花千呼万唤始出来。菊花泪流满面。列车"咣啷咣啷"驶出站台，翻涌上温柔酸楚的疼痛。她突然想起柳永凄凄柔柔的词句来：长亭外，执手相看泪眼，寒蝉凄切。

从此，在异乡的旅途上，顺子在菊花的心中就像一支温暖的枪，射中她心扉最深最软最痛的地方，令她窒息于湛蓝色但又凄凉如水的爱情里。火车上，她看到沿途的月亮从浊黄变成银白。顺子身披月光，菊花的心是收割后的秋天，空旷荒凉。

就这样，菊花离开家乡，来到南方繁华的大都市 H 城，伤心的往事一幕幕地涌上了她的旅途，车窗外响着淅淅沥沥的雨声，一点一滴地渗透到她心底，又溅了出来。

灯红酒绿，繁华热闹的 H 城，让孤身一人的菊花仿若刘姥姥进了大观园，迷失了方向。她像一只无头苍蝇，在城市的角落里钻来钻去。电线杆上、墙壁上的每一张招工广告都成为她的救命稻草。可是，在这座国际化大都市里，招工至少都要求高中以上的文凭，可菊花连高中毕业证都没有拿到。很快，身上所带的钱所剩无几。

暮色深沉的街头，菊花行走在灯光璀璨的街道上，风吹着街道旁的落叶，哗啦哗啦地响，像没人穿的破鞋，菊花穿上它，走上一程子，让响声陪伴着自己的寂寞……这世界上有那么多人，可是他们不能陪着你说笑，不能分担你的喜怒哀乐，到了夜深人静的时候，想着身边没有一个真心爱着的人，菊花的心便是寂寞凄惶的，她甚至有点后悔自己这么匆促地离开家乡。

有一天，菊花饿得头晕眼花时，突然看到一间小屋前贴着一张鲜红的招聘广告，一家电子厂招见习文员，只要求初中文凭。她怀着一丝渺茫的希望，迈着沉重的腿走了进去。

办公室里那个主管招聘的男子自称是吴经理，见到菊花，他正了正身子，眼睛里忽闪着碧绿的光芒。小姐，叫什么名字，找什么工作？菊花怯生生回答道，我叫菊花，我看到你们这里招文员，我就来了。吴经理简单地问了一下菊花的情况，考了几个简单的英文单词。其中有一个单词是"老板"，菊花把它翻译出来"BOSS"，这么简单的英文对她来说，还算是小菜一碟，她初中时的英语学得顶呱呱的。吴经理笑了笑，说，他考了好几个求职者，他们都翻译不出"老板"这个词，菊花小姐真是聪明。菊花心里一惊，暗暗叫道，这个英文单词很简单呀！

菊花，恭喜你，顺利通过我的考核，你被录取为我公司的见习文员，月工资 800 元。但是进厂前先要预交厂牌费、体检费 100 元。交了钱，明天上午再过这边来，就可以上班了。菊花抬头打量了一下这间办公室。只有两间办公室，并没有见到厂房。怎么没有厂房，我在哪儿上班？

你明天上午再过来，我们有专门的厂车带你去公司。菊花交了100元，就走了。

下午，菊花越想越不对劲，突然，她意识到自己受骗了。于是，她又找到吴经理，要求他退钱。吴经理冷笑道，乡下妹仔，退钱，做梦吧，要不，你陪我睡一觉，我再倒贴50元给你。你，你，这个流氓、混蛋。菊花怒斥道。

吴经理奸笑着，你不流氓我不流氓谁来当流氓，我就是流氓。他正眉飞色舞地说着，忽然从外面冲进十多个男人，每人手里拿着明晃晃的砍刀。吴经理面色大惊，唰的一声从椅子上站了起来，拔腿就想往外跑。别动，一个一米八的男子叫道，你这个招工骗子，你把钱还给我们，否则今天就砍死你，送你上黄泉路。

吴经理吓得屁滚尿流，把头缩桌子底下。别，别，大哥，大哥，有话好好说。钱，钱……我都退给你们。吴经理哆哆嗦嗦地从柜子里拿钱，每个男人都给了100元。菊花大叫一声，还有我的100元哩。吴经理乖乖地把钱退给了菊花。

菊花感激地朝为首的那个男孩笑了笑。男孩大大方方地介绍，我叫何军，湖南长沙人。菊花一听，乡音亲切，竟然泪出。

老乡见老乡两眼泪汪汪，菊花似乎有千言万语要对他说，却一句话都说不出来。在菊花的千恩万谢中，何军消失在菊花的视野中。

菊花四处奔波找工作，辗转了好久。

菊花来到一家餐馆打工，这家餐馆的名字很独特，叫"宾至如归餐馆"。

餐馆的老板叫成梦真，湖北人，他满脸肥嘟嘟的五花肉就像是屠夫出身，有着说不出来的凶狠与蛮横。

餐馆管理员工的方法还真是"独树一帜"，让菊花大开眼界，大跌眼镜。

成老板要求每一位员工见了顾客后，管年长的女人叫"妈妈"，年长的男人叫"爸爸"，年轻的女孩叫"姐姐"或是叫"妹妹"，老者就叫"爷爷""奶奶"。

餐馆里客来客往，还真是热闹非凡，打扮得花枝招展的迎宾小姐在门边两排站开来，等候着顾客的到来。见到年长的男人女人们，工作人员赶紧弓下腰来，齐声叫道，欢迎妈妈的光临，欢迎爸爸的光临；见到年轻的女孩，齐声叫道，欢迎姐姐的光临，欢迎妹妹的光临；见到老者，齐声叫道，欢迎爷爷的光临，欢迎奶奶的光临。

工作人员叫得挺难为情的，尤其是大小伙子们，脸上红通通的，叫完后，将脸低低地埋下去，不敢正眼瞧他们。有些顾客都有点不好意思了，不敢回应，快快地走进餐馆。也有一些顾客心安理得地接受这种特殊的服务，回答的时候，很干脆，声音很响亮，好像自己真是工作人员的爸妈似的。

还有一部分顾客干脆就是冲着"爸爸，妈妈"的称呼而来的。给人当"爸爸"、当"老子"、当"妈妈"，这种感觉真是妙不可言。

顾客进了餐厅内，所有的工作人员都要妈妈长、爸爸短、姐姐呀、妹妹呀地称呼着。虽然叫得顾客们有点难为情，但此办法还真是奏效，顾客的脸上洋溢着幸福、得意的笑容。

一些用餐的顾客对成老板说，我们来到这里，做了一回妈妈、爸爸，我们一下子拥有这么多的子女，还真有种回家的感觉，有一种做人的优越感。成老板的脸上堆上讨好的笑意，说，我们的餐馆就是要让每一位用餐的顾客都有一种宾至如归的感觉，这是我们餐馆经营的宗旨。这里就是你们的第二个家，让每一位食客都能享受到一流的服务，这种做法连五星级宾馆都不能做到的。顾客们花小钱，就能享受到星级般的服务。

成老板叫菊花当了一名迎宾小姐，成老板为了考验菊花，第一天正式上班时，只安排菊花一个人做迎宾小姐。

一位年长的男子走到餐馆门口，菊花刚想叫声"爸爸"，可是，"爸爸"两个字像鱼骨一样活生生地卡在喉咙里，硬是没有叫出声来。菊花想起自己未曾谋面的父亲。从出生到现在，她从未叫过"爸爸"两字，这一刻，菊花不管心里有多么努力，意念有多么坚强，都没能叫出这个既陌生又亲切的词儿来。

那位年长的男子愣了愣，疑惑地望着菊花，小声嘀咕了一句，嗯，平时我进餐馆时，都有工作人员管我叫"爸爸"，怎么今日就没有人叫我"爸爸"了，怎么回事？这一幕恰好让成老板看到了，成老板狠狠地白了菊花一眼，亲自迎了上去，脸上堆砌着笑意，说，这位先生，真是不好意思，这位员工是刚来的，还不太懂规矩，还需要好好地调教她，你先坐在这儿，我派餐馆里最漂亮的"女儿"服侍您。

成老板将手轻轻一拍，一位身材高挑、面目俊秀的女孩子端着茶杯款款地走了过来，两只眼睛滴溜溜地在水缸里转动着，她走到客人的面前，把腰一弓，说，爸爸，您好，我是您的女儿翠翠，请爸爸用茶！最好喝的铁观音。女孩的声音清脆得像黄鹂，婉转得像夜莺，有着说不出口的暧昧。

男人满意地笑了，抹了抹自己的下巴，意犹未尽，说，这还差不多，来，翠儿，先陪爹爹喝几杯酒，给我压压惊。翠儿顺从地坐了过去，给男人倒上酒，旁若无人，你一杯我一杯地干起来。

菊花傻愣愣地站在一旁，望着眼前的一切，发着呆。这时，成老板叫道，菊花，到我办公室来，我有话对你说。

菊花忐忑不安地进了成老板的办公室，一进办公室，成老板恶狠狠地说，乡下丫头，你别给我装什么清高，你要是想装清高，你就别想挣钱，你到街上喝西北风去吧，你去街头当乞丐，你是想去街头当乞丐好，还是想待在这里叫"爸爸"好，你现在就给我想清楚，要是你真的不愿意这样做，你现在就跟我说，我马上叫你滚蛋。

菊花想了想，愣了片刻，一字一句地说。

成老板，我想问你，为什么你自己不称呼顾客为"爸爸""妈妈"，可你为什么要这样要求你的员工，每个人的人格都是平等的。

你放肆！你混蛋！我是老板，我管你们吃喝，还要给工钱，你难道觉得我和你们是一样的吗？这么简单的道理都不懂，还出来混饭吃，你看你现在这副熊样，趁早回去修"地球"（当农民）吧！

菊花的脸色凌厉起来，像一把锋利的刀子，直插在老板的心尖。成老板身上起了微微的寒意。

菊花说，我生下来时就没有爸爸，就没有叫过"爸爸"两个字，这个词很神圣，我绝不能把这一神圣的称呼赐给每一个年长的男人，为了金钱，你可以叫员工出卖自己的人格与最起码的尊严。你想想看，如果员工的父母亲听到自己的儿女，在餐馆里管别人叫爸爸妈妈，他们的心里是什么感受？你的良知、你的人性又在哪里？

成梦真！我告诉你，不要以为金钱就可以买到一切，你把这一套放在我身上，绝对不行。

成梦真！我宁肯站着死去，也不愿跪着求生。我自己滚蛋好了，上街当乞丐去要饭，也比这样活着更有尊严。

成梦真瞪着牛大的眼睛，一句话也不说出来，他从没有见过这么牛气的打工妹。

菊花一阵风一样回到宿舍，麻利地收拾好自己的行李，匆匆地离开了这家"宾至如归"的餐馆。

来也一阵风，去也一阵风。菊花单薄的身子在城市里像一片深秋的落叶，在晚风中哆嗦起来，这座城市也跟着哆嗦起来。

几个月后，菊花从家政服务公司找到了一份做保姆的工作。

那家主人的孩子是个男孩，才三岁，却很顽皮。菊花每天的工作就是打扫卫生、做饭、带孩子、洗衣服。

女主人叫刘艳，男主人叫李兵。男主人是一家公司的总经理，女主人则是那家公司的副总经理，典型的家族式管理公司。

女主人和男主人都是本地人，一副很瞧不起外地人的样子，对菊花呼来唤去，就像使唤他们家的小狗小猫。

刚开始来的第一天，同他们一起吃饭，菊花不知道当地的规矩——保姆是不能与主人同桌吃饭的。菊花摆好了菜饭，便像自家人一样，很自然地坐了下来，端起碗筷，准备吃饭。刘艳扬起桌上的饭碗，使劲地向菊花脸上砸了过去，饭粒撒了一地。刘艳嘴里叫嚣着，乡下妹，这点规矩都不懂，哪有保姆与主人一起吃饭的，滚下桌去。

刘艳把家里那只浑身雪白的宠物狗抱上了饭桌，让它坐在刚才菊花坐的椅子上，刘艳嘴里叫着，甜甜宝贝，吃饭了，来，吃一口。刘艳把饭菜往宠物狗里塞，那只叫甜甜的宠物狗，骄傲地扬了扬身上的卷毛，一会儿又献媚似的向女主人摇摇尾巴撒着欢儿。

菊花委屈地离开了饭桌，她想，我连主人家的狗都不如，这日子过得真是太窝囊了。男主人仿佛什么都不知道，表情淡淡的，头也不抬，一声不吭地嚼着嘴里的饭菜。女主人一见自己的老公这副漠不关心的模样，生气了，她啪的一声放下碗筷，叉着腰，朝他老公吼道，喂，你就不会吭声气，教训教训这个黄毛丫头，这个家是我一个人的家啦，还是你的临时旅馆，你想来就来，想走就走，其他的一大摊子事，你就不管了，这还是不是你的家呀……

李兵还是一声不吭吃他的饭，把饭吃得咂巴咂巴地响，像是在跟刘艳挑衅似的。刘艳把桌子拍得啪啦啪啦响成一片，像是在奏着激烈的交响曲，高亢激昂。这饭我还不吃了，气死我了。甜甜宠物狗也叫了几声，汪汪汪，汪汪汪，摇着尾巴，像是在帮衬着女主人，从椅子上跳了下来。

饭后，菊花洗完碗筷，刘艳嫌碗筷洗得不干净，扬起一张湿漉漉的手，啪的一声，便给了菊花一记清脆响亮的耳光。菊花捂着火辣辣的脸，想哭，泪珠却在喉咙处哽咽着。刘艳叫道，不许哭，我们家又没死人，你哭给谁看，哭给左邻右舍看，看我怎么虐待你是吧！你要是再敢哭一声，你立马从我家滚出去，你们这帮外地妹只配站大街、扫马路，让男人快活一时的一群贱货。菊花低眉顺眼，把眼泪活生生地吞了下去。

菊花有时稍微穿得漂亮点，刘艳就叉着腰，斜着眼冷笑道，哟！乡下妹，穿得这么漂亮，像一头肥胸脯的白凤凰，是想去外面勾引野男人，还是想勾我老公的魂呀，你要是敢勾引我老公，我非里三层外三层剐掉你的皮。刘艳的粗话不堪入耳，一声比一声响，叫得左邻右舍都侧耳倾听，像蚂蚁闻到糖似的，不肯走开了。

骂得太凶狠了，有时李兵也会忍不住地说上几句，刘艳，你为咱们孩子积点口德好吧，都做母亲的人了，还这么疯狂。什么，你骂我疯狂，你这个吃软饭不拉稀的东西，要不是我爹是公司的董事长，哪有你今天的地位，你翅膀硬了是吧，我告诉你，臭小子，只要你跟我闹翻了，我马上叫你从总经理的位置上滚下来，你还真为你这个狗屁总经理得意忘形啊。

刘艳又哭又闹，将家里的东西摔得噼里啪啦的，后来就干脆躺在地上打滚，像打了桩似的，不肯起来了。李兵只好躲了出去，李兵刚一走出家门，刘艳便迅速地从地上爬了起来，于是，那些东西一个个长了翅膀，全飞到菊花的身上去了，菊花的身上红一块紫一块的，像深山老林里豁然盛开的杜鹃花，散发着绚丽凄艳的美。

刘艳心情好时，便要菊花学动物叫，什么猫叫、狗叫、牛叫、猪叫等。菊花学得越像，刘艳便越兴奋，咯咯地笑出眼泪来，笑得前仰后合。学得不像、声音不响亮、态度不积极，菊花便又会遭到刘艳一阵暴打。学完动物叫，刘艳又叫菊花学动物走路的样子，菊花在冰冷的地板上爬来爬去，嘴里还要吱呀吱呀地叫唤着，刘艳开心地大笑着，露出阴森森的牙齿来，活脱脱就像聊斋里的白面狐，阴森恐怖。菊花在心里恨恨地骂道，变态狂，骚货，死后下地狱。

在这座城市里，在一条宁静的巷子里，那天清晨，菊花去买菜时，又遇见金月亮娱乐城的同事巧莲。自从那次娱乐城发生了菊花的裸照风波，巧莲就觉得愧对菊花，悄悄地离开了。这世界还真是小，菊花在这里又遇见了她。巧莲比过去漂亮多了，把原来的乌发染得黄不溜秋的，还烫了个大爆炸似的头发，整个人都膨胀起来，多了几分浓浓的风尘世俗味。

现在的巧莲在这座城里傍了一个大款，大款给她开了一家美容院。巧莲现在穿金戴银的，珠光宝气，浑身散发着一股妖气。她笑吟吟地对菊花说，菊花，以后你要是心情不好，就到姐姐店里来，姐姐叫最好的美容师免费给你做美容，把你打扮得漂漂亮亮的，以赎回我以前对你造成的伤害，我以前真的不是故意的，我只想帮你教训那小子。

菊花在这座城市无依无靠，还真把巧莲当作唯一的亲人。菊花很爽快地认了巧莲做干姐姐。巧莲也妹妹长妹妹短地叫着，叫得菊花心里热乎乎的。巧莲的出现，像冬天里的一壶开水，直暖和到菊花的心窝窝里。

菊花每次去巧莲的店里，巧莲都叫最好的美容师给菊花做美容，两人的关系发展到如胶似漆，胜过亲姐妹。

有一天，菊花又被女主人刘艳打了一顿，一路上哭哭啼啼来到巧莲这里。巧莲对菊花说，菊花妹，想开点，我带你去一个好地方，包你忘记烦恼。巧莲带着菊花来到一家歌厅，歌厅里音乐放肆地咆哮着，像要把整幢楼震塌似的。舞厅里的男人女人们一个个摇头晃脑，将身子猛烈地摇摆着，直看得菊花啧啧称奇。菊花好奇地问巧莲，姐姐，他们怎么把头摇摆得这么厉害？巧莲笑而不答。

在舞厅里，巧莲对菊花说，妹妹，快乐吧？人生就应该这样宣泄自己，活出一个真实的自我来。妹妹，我还有一个办法让你开心，我的男朋友给了我一种烟，保证抽了它，让你忘掉世上一切的烦恼，快活似神仙，逍遥上天堂。来一支吧，巧莲递给菊花一支烟，并且很娴熟地为菊花点燃了，自己也点了一支，腾云吐雾起来。

菊花好奇地抽了一口，被烟雾呛了鼻腔，咳了出来。巧莲拍了拍菊花的背，妹妹，慢点，这种烟是要慢慢地品尝的，才能达到那种飘飘欲仙的效果，小病小灾都能消除掉。菊花很好奇地问道，这世上还真有这样一种烟能让人忘记所有的烦恼吗？菊花慢慢地吸了起来，还真奇怪，一支烟吸完后，菊花只觉得身子轻飘飘地飞了起来，达到了一种从未有过的快感。

这烟，真神奇，很昂贵吧？菊花问道，不贵，不贵，只要妹妹喜欢抽就行，姐姐可以免费供给你抽。

在歌舞厅里，巧莲给自己叫了个男人，陪她喝酒。巧莲问菊花，要不要，也给她叫一个玩玩。菊花连忙摆摆手。巧莲把嘴凑到菊花的耳边，神秘兮兮地说，你知道这种男人的职业叫什么吗？我不知道，菊花不解地摇摇头。巧莲媚笑道，说得粗俗一点叫"鸭子"，跟"鸡婆"是反义词，说得文雅一点，叫"牛郎"，跟"织女"是反义词，他们这些男人专门为有钱的女人提供性服务的。

喝了一会儿小酒，巧莲朝菊花挥一挥手，妹妹，你先回去吧，我还要玩一会儿。说完，巧莲搂着那个男人的腰，大摇大摆地进了包厢，就再也没有出来，直把菊花看得目瞪口呆的。

半个月后，原先在歌舞厅里陪巧莲喝酒的那个男人暴死在床上，据说，是因为连续三个晚上陪女人，一个晚上得一万元，三个晚上他共挣了三万元，可钱还没焐热，他就纵欲而死了。

自从菊花认了巧莲做了干姐姐，只要菊花一去美容院，巧莲都会给她抽一支烟，渐渐地，菊花发现自己已经离不开那种烟，只要一天不抽，她就浑身不舒服，身上麻痒痒的，钻心般地难受。她去巧莲那儿的次数更加勤快了，巧莲每次也都是有求必应，还经常带着菊花出入高档时装店，买了许多套时装给她，把菊花打扮得花枝招展的。菊花深深地陷入这种幸福中，不能自拔。

有一天，菊花突然意识到，自己可能是在吸毒，要不然，怎么会有那种飘飘欲仙的感觉？上次在歌舞厅里看到跳舞者摇头晃脑的，莫非就是大家所说的摇头丸、K粉、白粉？她忍不住问巧莲，自己吸的那种烟里面是不是藏有毒品？巧莲狠狠地掐灭了手中的烟灰，冷笑着，像夜空里的猫头鹰，发射出彻骨的寒意。

妹妹你只管吸，有姐姐供着你，怕什么，又没有收你一分钱，不抽白不抽，你问那么多干什么，人嘛，生命是很短暂的，不就是图个快活吗，哪怕是短暂的快感，我老实告诉你，这种快感是男人都不能带给你的，飘飘欲上天堂。什么烦恼都抛到九霄云外。

时间飞逝，那天晚上，菊花的毒瘾又犯了，心里像有千万只虫子在啃啮着她的肉体，她使劲地掐自己的手，把手都掐成炭火似的，似乎要燃烧起来，可还是不管用。她又把自己的双手伸进开水里去烫，还是不管用，她快要发疯了，她拼命地扯着自己的头发，却又不敢叫出声来。

菊花看着熟睡的主人，悄悄地来到巧莲的美容院。美容院晚上的生意很红火，巧莲正和一个男人说说笑笑，调情哩。男人将一只手搭在巧莲的屁股上揉来揉去，想必是她的大款男友。菊花走上前去，央求巧莲再给她抽一支烟。这一次，巧莲没有答应，笑道，妹妹，我供了这么久的烟，这种烟又这么昂贵，我再也供不起了，你看，我这个男朋友最近也给得很少了，我还要留着自己吸了，对不？巧莲笑眯眯地朝着大款男友问道。对呀，这货不好进呀，公安查得紧！她的男友回应着，似笑非笑地看着菊花。

菊花此时只觉得浑身像有亿万只虫子在撕咬着，每一秒钟都叫她直上地狱，大鬼小鬼，青面獠牙向她扑了过来。菊花痛苦地跪了下来，抱住了巧莲的腿，抽泣着，巧莲，我的好姐姐，你就给我一支烟吧，我下次一定给钱，你说，这烟多少钱一支？看到妹妹的分上，今天就再给你抽一支，每支100元。我卖给别人的都是200元钱一支。好的，我明天弄点钱给你。

菊花贪婪地吸着烟，那种痛苦的感觉瞬间又消失了，她只觉得自己的身子和灵魂都飘起来，进入一种虚空的幻境中，直上天堂，直入云霄。她如痴如醉、如梦如幻……

回到主人家里，菊花数了数身上的钱，她在这里工作，是500元钱一个月，三个月下来，她共挣了1500元，减去平时用掉的零花钱，她的箱底还静静地压着1200元，她抖索着手把钱抽了出来。

菊花此时已处于疯狂崩溃状况，毒瘾发作时，她就亡命似的往巧莲那儿跑。毒瘾消失后，菊花猛然间明白，巧莲从一开始就在害她，把她拉入这条不归之路。她也想戒掉毒瘾，用烟头烫自己，打自己嘴巴，把冷水浇在身子上。各种办法都使上，但都无济于事。幸好主人天天很晚才回来，没有发现她的异常举动，她带的那个小孩子也还懂事。

1200 元很快花光了，毒瘾难忍时，菊花又将眼睛瞄上了主人家的那口箱子。她经常看到主人在那口箱子里拿钱。有一天晚上，女主人不在家，男主人和孩子睡觉了，菊花蹑手蹑脚地找到箱子的钥匙，从那里面拿了 3000 元，正当她盖好箱子，扭过头来，发现男主人正抱着双手站在她的身后。菊花像被当着众人的面剥光了衣服，恨不得钻进地缝里去，毕竟这是她第一次在别人家里做贼。

菊花想起小时候偷钱买糖果的事来。

童年时，菊花不但好玩，而且嘴巴特别馋，像只耗子。母亲不在家时，她窸窸窣窣地翻它个底朝天，啃个精光，连个渣子都不剩。母亲曾调侃：我家菊花是饿鬼投的胎。那一天，菊花似乎特别馋，肚皮上仿佛千万条虫子在蠕动，忍不住从母亲的床头偷了一块钱。她望着那一块锃亮的硬币，一粒粒圆滚滚滴溜溜甜津津的珠子糖，在眼前晃来晃去，不由心花怒放……菊花刚从店铺里出来，把糖纸剥掉，正要把糖往嘴里塞，手里还摇晃着几角零钱。

菊花的母亲正好从拐角处走过来，她冲上来，扼住菊花的脖子，凶神恶煞地说：菊花，哪里来的钱，我叫你嘴馋，你给我吐出来。"啪"清脆的一声，给了菊花一个老大的耳刮子，抽得脸上像抹了一块厚厚的猪血。嘴里的糖被打落在地，脖子都打歪了。菊花哭着想去捡，母亲一脚踢开来，走上前，再在地上狠狠地踩了几脚，使劲地往地下拧。瞬间，一颗甜津津的糖，像一颗镙丝钉一样，钻进了土，化为乌有。

菊花哇啦哇啦地大哭起来。母亲恨恨地说：我岂只想打掉这颗糖，我还要打掉你那颗馋嘴的大门牙，看你还敢不敢偷。这还没完，晚上回到家，扒了衣服，结结实实地炒了一顿香栗子，母亲边打边骂：小时偷针，长大偷金，我要扒你的皮，抽你的筋，看你还敢不敢偷。柳条一下一下地抽打在菊花的背上，竟打出韵律来，伴着她的喊叫声起起伏伏。菊花疼痛地大叫起来：娘，别打了，我认错了。可母亲还不放手，越打越凶，菊花禁不住哭起来。哭，哭什么哭，哭丧！直把柳条打得碎成一段一段，母亲也打累了，才停下手来，哼哧哼哧，像拉风箱般地喘着粗气。

夜晚，与母亲睡在同一张床上，菊花听到母亲低低的哭泣声。蒙眬的睡意中，母亲摸了摸她通红的背，扯了扯被角。第二天吃完午饭，母亲从衣袋里掏出两颗水果糖来，塞在菊花的手里，母亲的手滚烫滚烫，烙着她的心房，菊花不由得放声大哭……

从那时起，菊花就特别害怕母亲，一见到母亲就浑身瑟瑟发抖，像落水的刺猬。她怕看到母亲那失望、恨铁不成钢而又幽怨的目光。

想到这里，菊花的脸像块烧红的铁，滋滋滋地冒着火星。她眼前又闪过母亲那恨铁不成钢的幽怨的目光。

男主人李兵的出现像一盆寒夜里的冷水，没头没脑地浇在菊花的身上，咕嘟咕嘟地冒着白烟。她准备把钱放回去。这时，男主人李兵拉住了她的手，把钱重新塞在她的手里，并把她拉到卧室，冷不丁地抱住了菊花，捉住她的手脚，把她按倒在床上。

李兵喘着粗气道，菊花，从你第一天来我家开始，我就喜欢上你了，这也就是我在家政服务公司一眼挑中你做我们家保姆的原因，有好几个很有经验的保姆想来我家，我都没有让她们来，我就相中你。菊花，你也知道我老婆是个母夜叉，我一点都不爱她，我只是爱她的钱，爱她老头子的权，等有一天我的地位完全巩固下来，我会叫她滚蛋的。菊花，今天你该好好报答我了，我会给你荣华富贵的。我……我……菊花使劲地挣开他的手。放开，放开，我要叫人了。叫人，你叫呀，你要是敢叫，明天就叫你滚蛋，我还要把你偷钱的事说出去，看你的脸往哪儿搁。来吧，菊花。男主人将菊花重重地压在身下，菊花无声地哭泣着。

3000元钱很快就被吸光了，菊花再也偷不到钱了。男主人李兵只要占有她一次，就拿500元钱给她。为了钱，菊花对李兵百依百顺的，以此博得他的欢心和娇宠。

好景不长，后来，李兵也知道菊花吸毒的事了，终于觉得她是个无底洞，是个可怕的魔鬼，对她失去了兴趣，又勾搭上其他的妖艳女人。而此时的菊花已欠下巧莲一大笔的毒资。

毒瘾发作时，菊花一遍一遍地央求巧莲。巧莲心情好时，偶尔还会赊点毒品给她，日积月累，菊花的债台高高地筑起来，有山那么高了。

男主人李兵为了怕影响他的小孩子，把菊花赶了出来，临走时，李兵又搂着菊花云雨了一番，然后拿了2000元彻底地打发了菊花。

菊花把2000元填进去，还欠下巧莲2000元。

毒品就像个无底洞，让菊花无尽地沉沦下去。菊花这时只觉得累极了，她想找一份工作，好好工作，戒掉毒瘾，可是她整天都浑身无力，消瘦得不成样子，她这样子，还有哪个工厂肯要她呀，再说她又没文凭没技术，也找不到工作的。

巧莲对她说，妹妹，你这个样子，姐姐看你都可怜、都心疼，本来是想让你吸着玩的，找点乐子，消消气，消磨时间，哪知道你的毒瘾比我还大。这样吧，你去外面找工作也很难找得到，你就在我美容院里帮帮工吧，帮我拉拉客人，尤其多给我拉点男人进来……我给你的提成也就会很高。

菊花一愣，面色苍白，她明白这"拉客女"的意义，说道，姐姐，你这不是叫我去卖身吗？巧莲的脸色一变，说道，妹妹，你说这话我就不爱听了，瞧你这个骷髅似的身子骨，像个棺材妹，你去当站街女都没人要，你住在我这里，供你吃喝拉撒，还有钱让你挣，你别不识抬举，你都不是黄花闺女，还怕什么？你还在想着你那个顺子男朋友，哼，男人算个屁，这个世界上只有钱是万能的，有钱没男人一样可以活，而且可以很好地活，可是有男人没钱的日子可不好过，你要是真的不愿意，我就放你一马，但你必须还清我的钱，你才能走人。你去外面试试看，你风餐露宿去街边站站，看有哪个男人愿意要你。巧莲重重地扔下这些话，就走了。

菊花怔怔地站在那里，她知道她这一辈子都完了，再没有什么幸福和爱情可言。她庆幸自己离开了顺子，她今天这个样子，她再也不想伤害顺子，也没有脸面再见到顺子。

菊花在巧莲的美容院做了一名拉客女，忍受着各种客人变态的折磨。一段时间下来，她身上到处伤痕累累，咬痕、烟头烫的疤痕，让她尝尽了人间的冷暖辛酸。

巧莲有一天对菊花说，菊花，你当保姆时，那家的男主人占有了你，最后他又赶走了你，女主人是个变态狂，百般虐待你，你想不想报复他们？不想，菊花有气无力地回答，自从她染上毒瘾后，她只对毒品感兴趣。蠢货，你这个人天生就是一头蠢驴，一副贱骨头，主人打了你，你连叫都不敢叫。我教你一个办法惩罚他，你跟他们家的小孩儿比较熟，我手下有一帮兄弟。你负责把小孩子抱出来，我派人绑架他，然后威胁他们，叫他们拿30万元赎人。我们一人分15万元，你看怎么样？分给你15万元，我就放你走，任你去哪里逍遥，你这副皮包骨的样子，已经不能给我拉什么客了。你不如拿了这15万元远走高飞，或回家乡与顺子好好过日子，只要你不说出去，有谁会知道你的过去史？

巧莲想起家乡、想着顺子、想起女主人刘艳百般的凌辱、男主人李兵的贪婪自私，再低头看看自己的处境。她同意了，她想用这笔钱来改变她的命运，让自己彻底离开这个连鬼也不愿意待的地方。

巧莲精心地布置了这宗绑架案。菊花瞅准了机会，有一天，孩子坐在摇篮里，在院子里晒太阳，李兵不在，刘艳在屋里做饭。菊花以最快的速度抱出了孩子，巧莲这帮兄弟在外面接应，把早已准备好的掺有安眠药的水灌给小孩喝，成功地绑架了小孩。

然后，巧莲打电话给刘艳、李兵，向他们勒索30万元。正当她们做着发财梦的时候，刘艳报了案，警方很快侦破了此案，逮捕了他们。菊花和巧莲，还有那帮绑匪，都被关进了监狱。巧莲又因犯有贩毒罪，且数量惊人，被判了死刑，缓期两年执行。

就在顺子准备来南方找菊花时，临走那天，他在门外敲了敲门，叫着父亲，爹，我去南方了，把菊花找回来。房间里静悄悄的，顺子的心头涌过一丝不祥的预兆。顺子打开了门，躺在床上的父亲一动也不动，顺子走上前去看，父亲已经全身冰冷。旁边还放着一个敌敌畏农药瓶。枕头边放着一张纸条，顺子，我走了，我再也不会成为你们的拖累，你把媳妇找回来，好好过日子。逢年过节的，你去坟前给我和你娘烧一炷香，我就心满意足了。枕边还压着叠得整整齐齐的5000元钱。

爹，顺子凄楚的声音响彻整个山谷，布谷鸟从树上扑棱扑棱地飞起来。

爹，你回来呀……爹，你回来呀……顺子将天地叫喊得苍凉彻骨，空寂的山谷里久久地回荡着他的声音。

第
6
章

变性的爱情

顺子来到熙熙攘攘的南方。这里很热闹，很繁华。

吭啷吭啷的火车声，响彻在黑夜那无穷无尽的荒凉中，穿透了异乡人忧郁的心事。

火车的轨道就像两条莹光闪闪的水里钻出来的黄鳝。抽长了，又缩短了；抽长了，又缩短了，就这么样地往前移——柔滑的，老长老长的黄鳝，没有完，没有完……开火车的司机死死盯住这两条蠢蠢蠕动的黄鳝，却是不急不躁的。

车厢内密密麻麻挤满了乘客，连过道上都站了人，餐车在里面推来推去。闷罐内混浊的空气，夹杂着呛鼻的烟味、汗臭味，似乎只要擦亮一根火柴，就会着上大火，成为名副其实的"火车"。

火车外的天是森冷的蟹壳青，散发着侵人的寒意。

到了晚上，浓浓的睡意袭上来，顺子不停地打着哈欠。枕着轰隆隆的车声，顺子昏昏沉沉地睡着了。半夜时分，顺子被一阵响动惊醒，借着微弱如星的光线，只见那个长发青年用刀抵着顺子的脖子，刀子泛着冷冽的寒光。长发青年轻声地说，哥们，老实点，把钱交出来，否则，我就对你不客气了。顺子知道遇上抢劫了，大声叫起来，抢钱了，抢钱了，快来帮忙，这里要杀人了。歹徒一愣。就在这一瞬间，顺子猛地站起来，夺过他手里的刀，一不小心刀锋划破了他的手，鲜血流了出来，钻心般地疼痛。

救命呀，救命呀，杀人啦！杀人啦！顺子不顾一切地叫了起来，车厢里却是死一般地沉默，没有一个人敢站出来响应，咣啷咣啷的火车声淹没了顺子苍白的声音。歹徒再一次向顺子扑了过来，顺子急中生智，迅速脱下皮鞋，将宽宽的跟底向歹徒的脑袋上猛地敲去。歹徒捂着头，"哎哟"大叫一声，松开了在顺子身上的手。这时几个青年围了上来，看样子是歹徒的同伙，一拳砸在顺子的鼻子上，顺子站立不稳，直往后倒。嗡的一声，顺子的后脑勺又被人重重地击了一拳。紧接着，拳头雨点般地向他身上砸过去，打得顺子无力还击，就在这绝望的时候，乘警过来了，一齐拥上去，很快就将他们制伏了。

顺子摸着火辣辣的伤口，想着陌生冷漠的人们，他浑身的血液都在咆哮、沸腾。心底的火焰一车厢一车厢地燃烧起来，舞成长龙，在茫茫的夜色中，过隧道，穿越时空，点亮了天边微弱如星的曙光……

一路的颠簸，终于到了火车站。此时，地平线上的天色，一层绿，一层黄，一层红，如同切开一只尚未成熟的西瓜，是太阳要上来了。

一下站，人山人海，顺子回眸一看，自己只不过是沧海中一粒微小的尘埃罢了。顺子向对面的汽车站走去，准备搭乘去 S 城的长途汽车，他相信菊花一定还在那儿等他。顺子在人海中艰难地挪着脚步，真是一寸土地一寸金呀！

走着走着，忽然身边一位穿着粉红色裙子的姑娘向顺子搭话，喂，大哥，请问你去哪儿，我跟你坐同一趟火车来的。她的声音婉转似黄鹂，听起来柔柔的，软乎乎的，很舒服。顺子当时也没在意，张口就道，我要去 S

城。哦，去 S 城，那可是个好地方，我正好也要去那儿，我们还能同路。你是哪里人？我是湖南人，哦，我也是湖南人，想不到咱俩是老乡，又去同一个地方。

"老乡见老乡，两眼泪汪汪。"女孩子显出很兴奋的样子，一路上与顺子亲切地攀谈起来。看着她瘦弱文质彬彬的样子。顺子一时也放松了警惕，迷迷糊糊地跟着她走。不知不觉，到了汽车站门口。女孩开口了，老乡，这一阵子省汽车站正在查健康证，你有没有去办理？顺子说，没有，没有听说坐汽车还要办理健康证，又不是"非典"时期。女孩说，这一阵子是要办理健康证的，也不知道是什么原因，听说可能是最近车站死了两个人，是得瘟疫死的。要是没有健康证，就得在汽车站补办，听说，200 元钱一个。有这回事?! 顺子诧异了，昏了！

这样吧，我带你去前面的那个小站买票上车，它那儿不用办理健康证。这时，顺子觉得头昏昏沉沉，冥冥中，似乎有人在牵着顺子的手，顺子恍恍惚惚地跟着她走。到了路边一间小店前，女孩指了指卖票的男人说，就在这儿买票，一边说着，一边掏出钱来。多少钱到 S 城汽车站？100 元，这么贵?! 这有什么贵，我这票是包了健康证的，去省汽车站办理健康证需要200 元，这里还便宜 100 元哩。行! 于是，顺子掏出钱买了一张票，可票一到手。顺子惊呆了，这只是一张短途的公共汽车发票而已，不是他要买的长途汽车票。

顺子正在纳闷时，一个男子拖着顺子的手，喊道，小弟，别发呆了，来这边坐车，送你去汽车站坐车。他指了指门口停着的三轮车。坐这车？顺子发傻了。这时，已有三人坐上车，车前坐着一位老汉，他飞快地把车子开动了。路旁不时地看到有警察在那里站岗。顺子突然意识到受骗。但他想瞧瞧，这伙人究竟要了什么骗术，他太想揭穿这个骗局了。

车在一个偏僻的路口停了下来。两个满脸横肉的胖子在那里等着他们。交 10 元钱车费。什么！一分钟的车程，要收 10 元钱？望着老汉那一双虎豹般凶残的眼睛，顺子还是乖乖地交了 10 元钱。因为，顺子太想把这出戏看完，他的精神高度地亢奋起来。

头似乎清醒了过来，顺子细细地回忆刚才那一幕幕，自己平常的警惕性挺高的，怎么今天我什么都听那个姑娘的话呢？头似乎还有点痛，对了，她一定是给我下了迷魂药。顺子从身边的旅客中东张西望，没有看到她。"老乡见老乡，背后给你一枪。"看样子，顺子是上了贼路，还好，没上他的贼车。顺子故作镇静。

一会儿，就来了一大群受骗的乘客，看来大家的智商都不是很高，他们就像一群待宰的羊羔羔。两个胖子发话了，大家不要急，稍等一下，车很快就到了。说完把他们手里的票夺了过来。喂，我们出了钱，怎么又收走我们的票呢？不是，我是拿票叫人到汽车站换票给你们。到时，我们亲自开车把你们送到目的地，你们乘坐的都是豪华空调大巴。

乘客们都在焦急地等着车，其中穿着蓝衣服的胖子开腔了，等上了车，每人要收 10 元钱的高速费。什么！还要收钱，已经收了我们 110 元钱了，还要收？有人嘀咕着，发泄着强烈的不满。顺子试探性地说，如果我们受骗了，我会马上打 110 报警。要不，请电视台等各大媒体协助公安，端掉你们这个黑窝点。这时，穿蓝衣服的胖子，脸色略微地变动了一下。好吧，我打电话具体问一下，要不要收这 10 元钱。他用地方方言叽里呱啦说了一番，然后把手机递到顺子面前，小弟，我刚才给他们打了电话，说不要收这 10 元钱的高速费。你放心啦，我们不会骗人，我们的车是从正规的汽车站发出来的。

人越聚越多，等了大约半小时。这时，来了一辆白色的面包车。来来来，大家快来上车，送你们去汽车站搭车。顺子没有上车，朝着省汽车站的方向走去。喂，小弟，你去哪儿，上车啦！你们的黑车我不敢坐，也坐不起。顺子大声回答道。真是一个傻子，花了钱不坐车。他们一边说着，一边开着车一溜烟走了。

在去汽车站的路上，顺子老觉得后面有个人远远地跟着他，可能是怕他报警或是打电话给电视台。顺子扭头一看，没错，果然是在买票时见到的那个小伙子。顺子就问他，你们是不是在骗人，汽车站根本就不需要办理健康证。小伙子点了点头，是的，不需要，但是你交了钱，我保证让你有车坐，既然是你自己不愿意坐车，那也就怨不得我们啦！顺子说，那你就不怕我报警或通知媒体端掉你这个窝点吗？不怕，大不了我关门不做了，或者换个地方，小伙子理直气壮地说。真是死猪不怕开水烫。过了一会儿，见顺子不吭声，他又换成一副软绵绵的样子，温言温语道，小弟，出门在外多留个心眼儿，不要相信任何人，这地方到处都是骗子。你也是骗子，还装作好人来劝我，顺子对他的话语好笑又好气。我可没有骗你，只不过是我们的收费贵点。我们也要吃饭，也要做生意呀！他的声音像绵羊咩咩叫，听得顺子骨头都酥软酥软的。汽车站到了，顺子再回头一看，小伙子已不知去向。

这一幕幕，如同梦魇般。逃离了那辆白色恐怖之车，顺子那颗沉重的心终于轻松起来。在汽车站买了票。刚一上车，顺子的便意却来了，唉，真不凑巧。顺子对司机说，麻烦您等我两三分钟，我去方便一下，很快就回来。司机没有吭声。既然沉默，顺子就视作同意。顺子火速地向洗手间冲去，把包还留在车上。上完洗手间，浑身惬意。顺子准备上车，一看，车开走了。他急了，在后面又追又喊，喂，司机大叔，等等我，等等我，我的包还在车上哩！我的包还在车上哩！汽车风驰而去，闪电般，很快就出了站口。城市的喧嚣声淹没了顺子微弱如蚊的声音。

行李包里装着顺子所有的证件和钱。顺子急了，这时，一辆的士开了过来。顺子想也没想，就上了车，紧追而去。司机在将车开得飞快的同时，也没有忘记口吐白沫地和顺子讲价。小弟，追到了就100元，没追到就只收路费。顺子将头点得像鸡啄米似的，此时，他已顾不上那么多了，恨不得自己变成孙悟空，一个筋斗翻它十万八千里。谢天谢地，终于追上了，又正巧碰上红灯，车停了下来。顺子下了车，拍打着那辆汽车门，司机大概认出他来了，迟疑了三四秒钟，打开了车门。

顺子爬了上去，正要向司机控诉。的士司机跑了过来，小弟，你还没给钱呢。唉，瞧我急糊涂了，连钱都忘了给。顺子递过钱，冲司机咧嘴苦笑，一声清脆响亮的"谢谢"让司机笑歪了嘴，他大概在笑顺子的狼狈相吧。顺子低头一看自己的皮鞋，不知什么时候破了个洞，胶皮松松垮垮地垂落在一旁。阿弥陀佛，总算让给追到了，否则就不是100元钱的事啦！

还没有坐上车，就被狠狠地宰了一刀，花掉了210元。美丽娴雅的城市在顺子心中变成了一座魔鬼之城。城堡内外，涌动着黑黝黝的脏手，欲掏空每个乘客的腰包。后来，顺子在电视的新闻里了解到，那些骗子就是"背包党"团伙，他们装扮成刚下车的旅客，与陌生人搭腔，借用办健康证之名，把旅客骗上他们的野鸡车，然后就是宰你没商量，弄不好，还会丢掉自己的一条小命。顺子身上的冷汗都冒了出来，他庆幸自己没上他们的野鸡车。

在外谋生，先得捂紧自己的口袋，然后才能顾及自己的脑袋。这是顺子总结出来的一条真理。

顺子又来到熟悉的S城，来到他和菊花共同租住的小屋，太阳还是那么热烈，可物是人非，出租屋里已是新人新面孔，菊花的气息似乎还在屋里飘荡。顺子的鼻子酸溜溜的，像秋天的泡菜，又酸又呛人。

顺子在这座城市孤魂般地游荡着，寻找着他心爱的女人菊花。晚上，累了，他就去夜市走走，散散心，缓冲一天的疲劳。一个月过去了，他还是没有找到菊花。

一天晚上，顺子在夜市里瞎逛时，看到有一大群人围在一间小屋里，叫得很起劲，噼里啪啦的。他好奇地凑过去，原来是在赌牌。一叠叠花花绿绿的钞票压在桌子上，一会儿到了这个人的口袋里，一会儿又飞到那个人的口袋里，赢了钱的人高声欢呼，把扑克甩得哗啦哗啦。输了钱的人垂头丧气，捶着桌子，嘴里直骂娘，把顺子看得心痒痒的。

一位中年男人走过来，望了望顺子，拍着他的肩膀，说，小弟，想不想玩上一把？很过瘾的。顺子笑笑说，我不会，我在乡下只会玩"斗地主"。不会不要紧，我教你，包你赢钱，小弟你长着一副福气相，手气一定不错，来试试，来试试，包你赢。中年男人极力劝说着顺子。

顺子抱着试试看的心理，玩了起来。几盘下来，很快他就学会了，几个小时下来，他居然还赢了300元钱。他攥紧着手心里的300元钱，直觉得火辣辣地发烫，手心都捏出热汗来。顺子想，这钱也来得太容易了，比起在外面辛辛苦苦打工强多了。

从此，顺子白天寻找菊花，晚上就在那家店里赌牌，刚开始只是赌上几小时，也总是赢。顺子欣喜若狂，从此就开始赌通宵，白天打着哈欠找菊花，实在撑不住了，就在路上睡上一会儿，清醒过来再继续找。

可顺子的手气越来越坏了，以前赢的钱又源源不断地流进别人的口袋里，到后来就是倒贴钱了。顺子发了疯似的，赌红了眼，白天也不去找菊花了，不分日夜地赌起来，一心一意想着把输掉的钱赢回来。可是手气却似乎总在走"背"字，半个月下来，顺子从老家带过来的3000元，很快只剩下300元。顺子犯糊涂了，瞬间又清醒过来，他立马收手了。

顺子这时才明白，是他的赌友联合起来算计他的，先让他尝尝甜头，然后就拼命榨取着他的每一滴血汗钱。这笔钱可是父亲多年的积蓄呀，如今倒好，菊花没找到，倒快成穷光蛋了。顺子懊恼地将自己的头往墙上撞去。在血腥味中，顺子痛哭流涕。

钱用光了，有一天，顺子饿昏在路旁，也不知道睡了几天，顺子已是奄奄一息了。他如同死尸般直挺挺地睡在车水马龙的街道上。路人看到顺子，吓了一大跳，连忙打电话报了警。殡仪馆的工作人员很快赶到，他们把顺子抬上了殡葬车，车飞驰而去，直奔向殡仪馆。到了馆内，工作人员把用草席和白布掩盖的顺子抬了下来。由于受到震动，顺子本能地动弹了一下，殡仪馆的馆长看到这一细微的动作，吓了一跳。他飞快地掀开白布，在顺子的胸口按了按，探了探他的鼻息。顺子的胸口还在微微地跳动着。

"人还是活的，可能是生病了、饿昏了，赶快把他送到医院。"馆长大声说。工作人员火急火燎地把顺子送往医院。就这样，顺子从死神那里捡回了一条命。原来是饿昏倒在街头。出院后，顺子感激地跪倒在殡仪馆馆长黄铁洞面前，将头磕得咚咚响，非要认他做干爹。黄铁洞把顺子拉了起来，塞给他800元钱，小伙子，去找一份工作吧，我相信经历过这次磨难后，将来你会有出息的。

日子一天天地过去了，工作还是没有找到，顺子望着口袋里可怜的一点钱，左思右想，想出一个办法，那就是沿街去卖唱，唱歌既不需要本钱，还可以挣到钱，也许一路唱下去能找到菊花。顺子的嗓子是很不错的，在学校里，他有着"金嗓子"之美称，他虽然不会唱多少流行歌曲，但是他能将山歌唱得顶呱呱。

就这样，顺子在街头当了一名流浪歌手，虽然他手里没有一件乐器，但是他用苍凉真挚的歌声温暖着每一个异乡人的心，感染着这座大都市。

顺子唱着歌曲《水手》《常回家看看》《小背篓》《山路十八弯》《高山青》……他每到一处，都会有一大帮听众，他们热泪盈眶地听着顺子的歌声，追随着顺子的音乐节拍，时而欢喜时而忧伤。唱完后，他们纷纷掏出身上的钱，双手拿着，郑重地向钱箱里扔钱。顺子要收摊了，还有痴迷的听众不愿离去，央求他再唱一首。就这样，顺子成了这座城市著名的流浪歌手，他用他的歌声取暖加温着这座城市。

半年过去了，顺子依然没有找到菊花。顺子感到怅然若失，他的希望如同渺茫的歌声，空洞荒凉。

顺子的歌声引起了太阳唱片公司王涛总经理的注意。那天，顺子正深情款款地唱着《高山青》："阿里乡的姑娘美如水呀，阿里乡的少年壮如山呀……顺子一曲唱完，下面响起一阵热烈的掌声。王总走上前去，拍了拍顺子的肩膀，小伙子，你唱得很不错，很有天赋，很有音乐的质感，你到我公司坐一坐吧！顺子为难地说，我还要卖唱挣钱哩！你今天唱歌的钱就包在我身上，跟我来吧！听众目瞪口呆地望着顺子上了王总的小轿车，柏油路上扬起一股轻微的粉尘。

车在太阳唱片公司大门口停了下来。唱片公司很大，里面的人进进出出，好不热闹。

王涛把顺子带进了录音棚，倒了一杯热水给他。顺子双手接过来，有点受宠若惊的样子，他惴惴不安地问，先生找我有什么事？王总首先介绍了自己和公司的基本情况，问顺子，为什么要到街头卖唱？顺子便将自己赌钱，花光了钱，饿昏了，被送进殡仪馆，至今还没有找菊花的事情一五一十地告诉了王总。

王总沉吟良久，然后说，顺子，想不到你的人生是如此坎坷曲折，真令人同情。是这样的，我刚才在车上听到你的歌声，音色音质很不错，有一种原始的苍凉的韵味在里面，你将是一名优秀的原生态歌手。最近软绵绵要死不活的流行歌曲，已激不活音乐市场，音乐的发烧友们都希望听到独特风格的歌声。

我们公司有一个叫"音乐风暴"的项目，是想推出一名原生态原汁原味的乡村歌手，我看你比较适合，你的歌声里有一种天籁般的宁静，又有一股野性的躁动不安，有一种原始生命力穿透在你的体内，你自己并没有发觉而已。不知你有没有兴趣朝这方面发展，我们公司花大价钱包装你，让你一炮打红，并能让你改变这种困境，我们还会联合各大媒体，轮番报道，把你女朋友找回来。

顺子呆若木鸡，这真是天上掉下大馅饼，砸到他头上了，直砸得他的头昏沉沉的，回不过神来。顺子支吾地说，王总，你看我行吗？行，你一定行，一定要对自己有信心，自信是走向成功之道的必经之道。来，对着话筒，你跟着音乐的拍子唱一首王洛宾的作品《掀起你的盖头来》。

顺子不好意思地走到话筒面前，清了清嗓子，唱起了欢快明亮的《掀起你的盖头来》。王总出神地听着。一曲完毕，王总激动地拍着顺子，音质非常不错，这事就这么定了，明天我就带你去电视台播寻人启事广告。你呢，就安心在公司练唱，我们一定会让你出人头地的。

从此，顺子便在太阳唱片公司专心学起音乐，系统专业地学了很多音乐知识。顺子的心也渐渐地充盈起来，可他心头总有一块石头放不下，那就是一直没有找到菊花。

其实，菊花并不在 S 城，而是去了 W 城，菊花去 W 城时想，一定要离 S 城越远越好。她今生都不想再见到顺子，她没有这个脸面。

顺子沧桑独特的嗓音，很快就唱红了这座城市，感动着这座城市。他不但成功地举办了几场大型的演唱会，还推出了自己的专辑，专辑的名字叫

《两个人的城市》。顺子很快成了一位有钱的知名艺人。

顺子开始出没于各家歌舞厅，频频地参加各种大型的演唱会。在歌舞厅里演唱时，他认识了一大群默默无闻的歌手、艺人。其中有一个艺人叫曹如风，他给顺子留下了很深刻的印象。曹如风本身是一个男人，可是为了更好地挣钱，适应市场的需求，他涂脂抹粉，改变男人的造型，脱胎换骨，把自己装扮成一个完完全全的女人，举手投足之间，女人味十足，像"泰国人妖"。

在舞台上，曹如风以一个女人的身份光彩夺目地出现在五彩的舞台上，一袭白色长裙，红唇艳舞，长发飘飘，酥胸高耸，浑身散发着一种稚气的娇媚。台下的男人尖声呼喊着，吹着口哨，从座位上站起来，向他抛去媚眼，撒鲜花，更有好色的男人跑上舞台，送给他鲜花，拥抱亲吻他。他在台上激动得想流泪，向台下的观众飞出去一个个香吻，现场成了一片沸腾的海洋。

退幕后，曹如风向顺子打趣道，这样的演艺生涯，自己还真是会变成一个女人，到时，就只有做变性手术了。不过话说回来，他觉得做女人的感觉还真好，尤其是做一个舞台上漂亮的女人，能尽情地享受男人的掌声和赞美声，台上台下都风光。曹如风说，要是我真是一个女人，我一定是那种很会勾引男人魂魄的妖艳女人。说这话时，他望着顺子，一脸坏坏的笑，一脸的自信，清秀的脸庞却透露出一股稚气和傻气。顺子看了，有点心酸，有种落泪的感觉。

有几个月，顺子都没有再在那家歌厅看到曹如风，顺子的心里空落落的。他向歌厅老板打听曹如风的去向，老板说，那家伙真不知是中了哪门子邪，戏里戏外，他还真分不清了，他去北京做变性手术了。

做"变性手术"！？顺子大吃一惊，他好奇地问道，那他做了变性手术后，他是该跟男人结婚？还是跟女人结婚？那他怎么生活？怎么生育后代？

他是上女洗手间，还是该上男洗手间？他身份证上的性别是写"男"还是写"女"呢？他是不是变成"中性人"了？顺子连珠带炮地抛出一箩筐问题。

老板笑笑说，我怎么知道这些深奥问题的答案哩，你呀，还是等他回来，你再去问问他吧！这现在的年轻人真是越来越看不懂了，这世界变得太快了，我都快跟不上时代了。

顺子思索着"变性手术"这个新鲜古怪的名词，百思不得其解……

几年后，很偶然的一次，顺子在一条清冷萧条的街头再次遇见了曹如风，此时的曹如风已变成一个瘦骨嶙峋的女人，远远看上去，就像一具摇摇欲坠的骷髅，又像是吸毒已久的"白粉妹"，弱不禁风，一阵风似乎就可以将她吹倒。

难道他吸毒了?! 顺子大吃一惊。他伸出手来，想跟曹如风握手，可曹如风的手却没有伸过来，他的手依旧插在裤子的口袋里，顺子的手尴尬地悬在半空，他缩回了手，疑惑不解地看着曹如风，问道，如风，这几年来你过得好不好？做了变性手术后，怎么变得这么消瘦？

曹如风从口袋里抽出手来，将一块白手帕掩住自己的嘴巴，不让自己的唾沫溅出来，苦笑着，向顺子讲起那难忘的一幕幕……

自从曹如风做了变性手术后，他的日子就变成了一锅米汤，稀里糊涂的，啥滋味都不是。变性手术是做得很成功，他还真的变成了一个很妩媚很有女人味的女人。可是，大家看他的眼神，就像看外星人，看怪物似的。背后议论纷纷，说他脑子有问题，男不男，女不女的。平时认识他的男同胞和女同志们也不跟他玩了，说他是中性人，是另类。

曹如风为此感到很孤独很彷徨，更重要的是，他去公共洗手间或是公共澡堂时，他自己都不知道该去哪儿，世界这么大，凡是有分性别的公共场所，好像还真没有他能去的地方。

幸好曹如风还有一份风光且收入不菲的职业，能体面地维持他的生活。不久后，在歌舞厅里，一位名叫杰克的美国男人看上了她，杰克向曹如风表示了他真挚的爱意。

曹如风也毫不掩饰地向美国男人讲起自己真实的身份。这位美国男人很开放，他丝毫不介意曹如风的变性史，一如既往地喜欢她，默默地支持着她，关心着她。曹如风的每一场演出，杰克场场必到，鲜花送佳人，日子久了，杰克送给曹如风的花都堆成一座小山了。

在亲朋好友渐渐疏离曹如风的困境中，美国男人杰克的出现像一缕温暖的阳光，豁然打开了曹如风冰冻的心窗，如风被杰克的真挚的爱情感动了，她似乎又闻到了春天芳香的气息。她接受了杰克的求爱，两人谈起了一场天昏地暗的爱情。曹如风的日子又充满了温馨与快乐。只要不演出，曹如风就与杰克如胶似漆在一起，做了恋人之间一切该做的事。

杰克给曹如风买了很多女式的高档服装，把她打扮得光彩夺目，那时，曹如风觉得自己是世界上最快乐最幸福的女人。变性手术所带给她的烦恼都抛于九霄云外。

曹如风在杰克的花山花海里幸福地过着日子。

曹如风准备在国内再待上两年，挣够了钱，就和杰克去美国登记结婚。美国是一个很开放和民主自由的国家，在那里，变性人会得到人们的正常看待，在那儿，他们可以无忧无虑地在一起幸福生活。

就在曹如风准备办去美国的护照时，她发现自己的身子骨很虚弱，时常感冒和发烧，还时常会有晕眩的感觉。这让平日身体很好的曹如风有了一丝不祥的预兆。她瞒着杰克，偷偷去医院检查。医生把诊断书扔给她时，那种冷淡、轻蔑、痛恨、像躲避瘟神一样的神情，曹如风一辈子都忘不了，忘不了……

　　诊断书清清楚楚地写着，曹如风得了艾滋病，而且已开始进入晚期了。曹如风眼前发黑，栽倒在地板上。等她醒过来，周围没有一个医生，那个空空荡荡的化验室里只有她孤零零的一个人。她从冰冷的地板上艰难地爬了起来，脑海里闪过的第一个念头就是，是杰克把艾滋病毒传染给了她。曹如风这一生只与杰克有过性的最亲密的接触。杰克在性方面的老到与娴熟，让曹如风觉得杰克是个情场高手，仿佛阅历过无数的女人、男人。这种寻花问柳的男人是很容易出问题的。

　　曹如风从医院里出来，街上繁华热闹的景象，这美好的一切似乎都与她无缘了，她的生命正一点一滴地被艾滋病毒侵蚀着，她将拥有一个更加孤独、正在走向死亡的世界。

　　如果说过去人们因为曹如风是一个变性人而疏远她，而现在因为她有艾滋病，人们将会更加歧视她、唾弃她、痛恨她，真正将她孤立在一个无人理睬的世界里。这种生命的体验将是多么痛苦，死神狰狞地向她扑过来。

　　曹如风疯了般地奔向她和杰克的住所，这个曾经温馨甜蜜的爱巢，此时就像一座坟场，彻底地埋葬了她人生一切的美好。杰克正在房间里看电视，曹如风走上前，把诊断书重重扔在杰克的面前，说，杰克，你是不是早就有了艾滋病，你自己是知道的，可是你还要把病毒传染给我，我说得对不对？杰克，你真卑鄙下流无耻！你简直连一只四脚爬行动物都不如！

　　杰克一扫往日的柔情蜜意，他严肃起来，他盯着曹如风，像是要吃人似的。如风，你说得很对，实不相瞒，我在美国的时候，我就知道自己感染上了艾滋病毒，可那时还是早期的。人们歧视我、疏远我、唾弃我，连我的父母亲都不再理睬我，认为我是家里的顶级灾星，迟早要毁灭这个家，把我赶出了家门，让我自生自灭。在走投无路的情况下，我带着自己所有的积蓄，千里迢迢来到中国，来到一个无人知道我病史的国家，偷度余生。

后来，我在歌舞厅里认识了你，我一下子被你的美丽大方所吸引。我不由自主地喜欢上了你，尽管我也知道自己会给所爱的人带来灾难，带来死亡。但是，精神上和生理上的双重渴望，让我违背了自己的伦理道德感，我发了疯似的爱着你，追求着你，不能自拔，我想在我生命的黄昏岁月里，能真正享受一回爱情、亲情的美好。于是，就有了我们今天这样的悲剧下场。

可我原来是个男儿身，你认为这是真正的爱情吗？曹如风问道。

你变了性，你就是女人啦，这当然是爱情了。你一直与我交往，不也认为这是爱情吗？没爱情，我们干吗在一起!? 再说，即使你没有变性，是个男人，我也一样可以接受你，这叫同性恋，同性恋，懂吗？我在美国时就有一个很要好的同性男友，就是他把艾滋病毒传给我的，后来我离开了他。

你……你……你混蛋……你明知如此……还要来害我……曹如风说不出话来。

杰克的声音急促起来，像一阵疾驰而过的风。如风，暂时我们还不用害怕，我们还有足够的钱让我们治疗，我们可以用鸡尾酒调药这种最昂贵的方式来治疗，以此来延长我们的生命，别人可以不理睬我们，但只要我们俩人能够相濡以沫，互相取暖，那么，我们这样相爱着死去，是一种伟大，是一种崇高，是一场感天动地、泣鬼神的爱情。如风，我说得对不对？

曹如风坐在地上，苍白的脸就像一张大白纸，什么内容都没有，却蕴藏着千言万语，远远望去，就像一只垂死挣扎的大白蜘蛛。

良久，曹如风说，杰克，你这个混蛋，你亲手酿造了这场悲剧，你毁掉了我一生，我上面还有 70 多岁的白发苍苍的双亲，我可以不痛苦，但他们会痛苦一生，我现在是他们唯一的女儿。当初我做变性手术时，把双亲气得要寻死寻活的。这下，你叫我怎么去跟他们交代呀？曹如风捶着自己的胸口。

杰克说，如风，瞒着他们，不要告诉他们，去看望他们时，严密地采取隔离措施，如果他们怀疑，你就说你得了传染病，正在接受治疗，所以不能触碰他们。你的双亲也不在这里，一年也就是回去一两次，他们不会察觉的，我们多给他们些钱。

曹如风说，可是有一天，我终究会死去的，那样，谁给他们养老呀？

杰克说，养老，有敬老院呀！事情已经走到了这一地步，无法挽回了，对待老人家能瞒一天算一天，真是对不起！如风，是我害了你，可是我太喜欢你了，我太孤单了，我也需要爱情、亲情、友情。甜蜜的爱情可以让我心情愉快，可以延长我的生命。要是没有你的日子，我可能早就发疯或是自杀了。杰克的泪流了出来，淌了一脸。

曹如风从地上站了起来，叫了起来，我为什么要遇见你，杰克，你毁了我们一家子，我会恨你一辈子的。

杰克喃喃地说道，对不起，真对不起，如风，咱们不要再为这个无意义的问题争吵了。咱们在剩下不多的日子里，好好珍惜对方，平静地离开这个世界，无爱也无恨，大彻大悟，这便是我们最好的归宿，人嘛！总是免不了一死的，迟死与早死本质上也没有多大的区别。

曹如风再也说不出一句话来。

从此，杰克和曹如风，很少出门了，俩人在一起，看看电视，看看书，聊聊天，日子就这样一天天地过去了。他们静静地等待着死神的来临。

顺子望着曹如风，深深地震惊了，但是他不知道怎样去安慰她。

曹如风脸上露出黯然的微笑，眉梢眼梢往下挂，整个的脸拉杂下来，像垂在拖把上的破布条，眼珠也像是淡褐色的假眼珠。他说道，顺子，快走吧，不要理我啦，我怕会把病毒传染给你的。我是很少出门的，平时都过着神出鬼没的生活，刚才是去医院拿药了。顺子，我相信你的人品，你不会把我的事告诉别人的，所以我才把我的苦楚倾诉给你听，希望你好好地活着。这也许是我们最后的一面了，永别了，顺子。说着，曹如风清瘦的身影消失在顺子白茫茫的视野里。

顺子站在街道上，一动不动……

从那以后，顺子再也没有见到曹如风，她真正地从顺子的世界里消失了，从这个世界里消失了……顺子在心里默默地为她祈祷，祈祷她在天国里幸福康宁。

在顺子演唱生涯处于最高峰时期，一位名叫梦婉的歌迷悄悄地爱上了他，爱得无怨无悔，爱得如痴如醉。顺子举办的每场演唱会，她都必到。每次她都准备一大束鲜花，每次都是她第一个上台献花，顺子也很快记住了她。

星期天，是顺子的休息日，那天，他刚走出公司门口，准备去街上买点东西。梦婉突然出现在他的眼前，手里提着一大袋东西，把顺子吓了一跳。

梦婉的脸像一朵淡淡几笔的白描牡丹花，额角上两三根吹乱的短发便是风中的花蕊。

梦婉热情地迎上去，顺子哥，我好喜欢听你的歌，我刚想去你的公司看望你，正巧在这儿碰上了，我带你去公园玩玩吧，放松一下绷紧的神经。看着梦婉渴望如火的眼神，顺子答应了，也顺便找人说说话、解解闷。

在幽雅如兰的公园里，梦婉讲述着她对顺子的点点滴滴的感情，说着，说着，梦婉的眼泪就流了下来，抱住了顺子。

顺子一把推开她来，说，别，别这样，我已经有女朋友了，她叫菊花，我非常非常地爱她，我现在正在寻找她，谢谢你对我的感情。顺子站了起来，快步向街上走去。梦婉的声音从背后远远地飘了过来，顺子哥，我会等你一辈子的，今生非你不嫁，你要是跟菊花结了婚，我就一辈子独身，等你等到老死，等你等到……

顺子只觉得头一阵晕眩，灵魂出窍了，他在十字路口没有目的地行走着，司机大佬们气愤地按着喇叭，从窗子里伸出脑袋来，凶巴巴地吼道，这小子不想活了，找死呀……

顺子的脑子里不断地闪现出两个人，一个是菊花，他深深痴爱的女人；一个是梦婉，一个深深痴爱他的女人。

第
7
章

清脆的枪声

巧莲由于贩毒数量惊人，被判了死刑，缓期两年执行。一听到这个判决，巧莲当场就晕倒了，醒来后，就痴呆了似的，又哭又笑的，在地上打滚。在干警们的精心照顾下，她又恢复了正常的理智。

　　在这两年的监狱生活里，看守们经常在夜里听到巧莲凄厉如同女鬼般的哭声，我的孩子，还我的孩子……我的爹妈呀，我对不起你们呀。看守们跑过去一看，巧莲睡得好好的，但是脸上却挂满了泪水，看样子，她是在做噩梦。有很多天都是这样，看守们就奇怪了。

　　在看守们的一再追问下，在他们温暖如同长辈般的问长问短下，巧莲终于打开封锁已久的心窗，向他们讲起她那段不堪回首的经历，那一段段难以忘怀的恋情，巧莲的思绪飘了很远很远，泪水又慢慢地涌了出来……

　　豆蔻年华，情窦初开。巧莲仿佛又回到了菁菁校园，回到了她那纯真可忆的初恋，回到数学课堂。每次上课时，数学老师李国威的双眸就像圆规的两个尖脚，不时地盯在她的脸上，画了一个圆圈，又闪回在她身上。弄得巧莲上课时恍恍惚惚，无处躲藏。

　　李老师长得高大英俊，风趣幽默，教学水平也是镇里数一数二的。班上的女生都把他当成心中理想的白马王子，当然，也只是做做梦而已，李老师已是两岁女儿的父亲，他的爱人还是校长的千金哩。

巧莲的少女情思也就是在这时开启的。每当李老师投来温柔如水的眸光，她的脸上便会迅速飞起两朵鲜红的桃花来，煞是娇羞动人。李老师不看她的时候，她就会痴痴迷迷地看着他，他写字时，总爱甩一甩手中的手表，上下左右地摇晃着，就像圆规，在半空中划了一圈，那样子酷极了。两道目光交汇处，似乎可以燃烧出火花来，巧莲的心里漾满着春潮般的暖流。回到宿舍时，她也会不由自主地将自己的手表在半空中转着圈儿，心里盛满了欢喜。

课堂上不时擦出的电火花，令巧莲神魂颠倒，也让她原本不错的数学成绩一落千丈。

周末，校园里空荡荡的。巧莲正往宿舍走去，忽然听到背后有人在轻轻叫她。她转过头，是李老师，他手里拿着一叠作业本。巧莲，到我办公室来一趟，你最近数学成绩不佳，我帮你补习补习，看看问题出现在哪些地方。巧莲的心快要跳到地面，她用手使劲地捉住蹦跳的心，步伐有点颤颤巍巍了。

数学办公室里，只有李老师和巧莲两人，李老师摊开她的数学试卷，仔细地讲解试卷上的每一道题。巧莲专注地听着，她从来没有这么认真地听他讲课，仿佛凝聚了一生的注意力。

整整讲了一个下午，已是黄昏黄落日红、人美人醉时分。李老师收起试卷，温柔地看着巧莲，都懂了吗？以后要是不懂，尽量多问老师。好的，谢谢老师，天都黑了，我该回去了。巧莲依依不舍地站起来，留恋的目光楚楚动人。

李老师也站了起来，俩人默默地对望，流淌成一条波光粼粼的河流，流淌着无限的爱意和柔情。忽然，李老师张开双臂，把巧莲紧紧地揽入怀抱。别，别，别这样，老师。不……不……莲……莲我喜欢……你，真的很……喜欢，别拒绝……我好吗？莲……莲……李老师呢喃着，温柔地亲吻着巧莲乌黑如油的发丝，柔柔地蹭着她嫩嫩的脸蛋，粗壮的胡须扎在她的脸上，一种迷人的男性气息扑面而来，她的世界在那一刻天旋地转。

门外突然响起了猛烈的敲门声，又咬又啃的嘴唇才停止下来。李老师抹了抹嘴唇，整了整衣裳。开了门，是李老师的爱人刘烟云。李老师忙说，我在帮巧莲补习数学，她最近数学成绩特别糟糕。刘烟云疑惑的眼神，扫了几眼巧莲。又把李老师从头到尾看了一遍，嗫了嗫嘴唇，终于什么也没说。巧莲做贼似的飞快地走了，刚才燃烧后的余烬渐渐地温凉了，她不禁打了一个小小的寒战。

从此，每堂数学课，巧莲都感到无限的怅惘失落，沉浸在昔日爱意的虚幻光影里，总有一种莫名的情愫牵扯着她不断地下沉……下沉……不能自拔。巧莲的成绩越来越糟糕，在同学的冷言冷语、老师的长吁短叹中，巧莲的神经都快要崩溃了。她毅然决定不再念高三了，她怕看到李老师那灼热的目光，他爱人那疑惑忧伤的眼神。她不想伤害他的家庭，她也知道他和她是没有未来的。

巧莲在双亲婆娑如影的眼泪中退了学，她决定去南方闯荡，她相信那里有她的一片天空，南方可以抚慰她一切的忧伤。

巧莲去南方的那一天，李老师坚持要来送她。巧莲在前面大步走着，李老师在后面默默地跟着。巧莲，到了南方一定要好好照顾自己，要是你不嫌弃我的话，我可以跟她离婚，跟你过。我在老家等你，你要是找不到你心爱的男人，这里，永远为你敞开温暖的港湾，让你靠岸停泊。

巧莲痛苦地摇摇头。不可能了，我不想伤害刘烟云老师。对不起，李老师，那天是我太冲动了，我走了，忘记我吧……车窗外的李老师渐行渐远，背影消逝成一个个小黑点，终于什么都看不到了，巧莲的泪水慢慢滑落，泪帘挂满了整个车窗，似乎逼得玻璃要凹进去，闪烁出一道道凄厉刺人的白光……

半年后，巧莲在南方有了新的恋情，她决定借用这段恋情，彻底忘记李国威老师，她不想要没有未来的爱情。

巧莲和阿辉相恋于一场舞会。那天是平安夜，舞厅里熙熙攘攘，煞是热闹。巧莲独自一人孤零零地躲在角落里。

这是她第一次来舞厅，她想放松一下绷紧的神经。灯红酒绿下的痴男怨女们，成双成对地翩翩起舞，巧莲孤独的心里空空落落成一片白茫茫的棉花地，白得令人目眩。

小姐，你长得很美，我能请你跳支舞吗？一位西装革履的中年男子站在巧莲面前，优雅地笑着，嘴角挂着弯弯的月牙儿，他把一只手伸向巧莲，很有绅士风度。巧莲尴尬地支吾道，对不起，先生，我是来看热闹的，不会跳舞。我教你，保证你很快就能成为舞林高手。望着他热情如火的眼眸，巧莲不好意思推辞了。

我叫陈明辉，你叫我阿辉就行了。阿辉拉着巧莲的手，转入舞池。巧莲笨拙的脚不时踩着他洁白的皮鞋。不好意思，不好意思，你的鞋竟成了我的踩脚石。巧莲连声道歉。没关系，没关系，那也是一种音乐，叫打击乐。一曲接一曲，巧莲的步子渐渐放松，娴熟起来，整个身子都被阿辉火辣辣的激情弹拨起来，越跳越起劲。

跳完舞，巧莲和阿辉坐了下来。闹哄哄的人群中，因他们俩的存在，反倒显出几分淡淡的幽静雅致。阿辉说，巧莲，你能简单谈谈你的打工生活吗？

唉，就别提我的打工生活了，闷死了，像我这样要文化没文化要技术没技术要漂亮没漂亮要聪明没聪明的外地人，在这里过日子肯定很艰难。

　　我是在一家电子厂的流水线上工作，20多个人挤在一间又矮又小的宿舍，从早上5点多钟开始，大家就要分批起床，因为只有一个洗手间，这个出来那个进去。上个洗手间都不得安宁，里里外外哗哗啦啦成一片。然后就是等候公交车，公交车有时半个小时才来一趟，公交车一来，女孩子们顾不上平日的斯文，一窝蜂地挤上去，要是挤不上这趟公交车，就要挤下一趟，那就意味着要迟到，迟到也就意味着要罚款、要挨骂，重者还会被炒鱿鱼。

　　搭上半小时的公交车到公司，因为公司的宿舍离工厂很远。7：40开早会，8：00正式上班。

　　中午只有半小时吃饭，吃饭时还要排队，队伍成一条长龙，直排到马路上，一辆辆大卡车从我们身旁呼啸而过，飞扬起来的尘土，落到我们的身上，迷蒙着我们的眼睛。灰尘落到我们的饭碗里，我们的饭菜里便多了一种涩涩的味道。

　　吃完饭，一直要忙到晚上12点才能休息。一天下来，整个身子骨都快要散架了，不想动弹了，摇摇晃晃地坐在回家的车上，感觉还在流水线上工作，车轮就像流水线上的传送带，一天到晚永不停息永不知疲倦地转呀转呀，梦游一般。

　　回到宿舍，也不得安宁，大家轮流冲凉，等大家都冲完凉，就已经是两三点了，然后是舍友们的讲话声、洗衣服的声音，一直要吵到四点钟宿舍里才能安静下来。自己又住在上铺，有一种恐高的感觉，睡在上面，觉得挺不踏实的，做梦老是梦到自己从床上掉了下来。下铺的那个女孩子尖酸刻薄，我睡在上面稍微动一下，她就在下面哇啦哇啦地叫起来，将床板拍得震天震地的，说，干吗动得那么厉害，就像在地震似的，就像是跟你老公做那事似的。我气极了，回击她，说，难道你睡觉时不翻身吗？你住一回上铺试试看，看你动不动，是死人才不会动了。她说，你生来就是住上铺的贱命！你说，气不气人。本来辛苦了一天，就想睡个安稳觉，把体力恢复过来，这下倒好，心头越气越睡不着。

体累还不说，我的那条生产线上的线长是个 30 多岁还未嫁的老姑娘，脾气很古怪、很暴躁。动不动就训得我们这些女孩眼泪汪汪的，她恨不得我们24 小时都像陀螺一样围着流水线上转，片刻都不想让我们喘息。

线上所有的员工都被她骂过，上洗手间都要去她那儿领牌，时间稍微长了点，她就派人到洗手间里来查看，倘若没有派人过来盯梢，等你出了洗手间，她就要问个仔仔细细、水落石出，什么脸红的问题她都问得出来，生怕我们偷懒。甚至有时候她会亲自去洗手间查看，你说可气不可气？

我们一个月只有两天休息，今天恰好是轮到我休息，所以我就出来透口气。不过话说回来，我还是挺喜欢南方的，尽管这里的步伐都是匆匆忙忙的，但是对我一个乡下娃来说，我还是感到很新鲜、很好奇，它带着我走进一个全新的世界。它可以磨炼一个人的意志，让人学会坚强、学会隐忍、学会怎样地去生存，让人更加茁壮地成长。

巧莲说，像我现在，我觉得自己成熟了很多，干什么，我都是风风火火，做事干脆利索。一个月下来，我也可以挣到 500 元钱，这笔钱除了可以孝敬我的父母外，我还可以为自己买上几件漂亮的衣服，把自己打扮得漂漂亮亮，像个城里人。阿辉，你看看，我现在还像个乡下娃吗？

阿辉一直静静地听着巧莲的话语。不像，不像，你现在一点都不像乡下娃，不过即使像乡下娃也没什么，乡村的女孩比城里的女孩子更加清纯可爱，更吃苦耐劳，更加真挚朴实，就像菜地里不打农药的小白菜，没有污染，水灵灵的，鲜嫩可口。我喜欢乡下女孩，她们做事更加踏实认真。

你的打工生活蛮辛苦的，我帮你留意留意，帮你再找一份好工作，让你过得轻松舒服点。女人太劳累，青春是很容易衰老的。

唉，像我这样整天忙于公司事务，为了应酬，出入灯红酒绿，精神和身心上也是很疲惫不堪的，你们打工虽说很辛苦，但是你们没有什么压力，我们做老板的，还要顶着很大的压力和风险，经营得不好，就很有可能会破产，就像股市一样，让你一夜之间从富翁变成穷光蛋，唉，穷人也有穷人的苦恼，富人也有富人的苦恼，家家都有本难念的经呀！……阿辉谈吐高雅得体，口吐莲花，一浪盖过一浪。

临走时，阿辉给了巧莲一张名片，原来他是一家家具厂的销售部经理。

偶尔阿辉会开着车带着巧莲到处转转。被同事看到了，一齐吵吵嚷嚷着要巧莲请客。都拍拖了，还钓了个大款，怎能不请客呢？巧莲不好意思地笑了，他只不过是我一个普通的朋友，你看人家那把年纪，都应该有老婆孩子的。人家只是找我聊聊天，散散心。聊天？散心？小心人家把你玩得昏头转向，到时你掉到温柔的陷阱里就再也回不来了，也有同事善意地提醒巧莲。

阿辉来找巧莲的次数越来越来越频繁了，同事开玩笑的次数也多了，巧莲的心里竟然也漾起了一些微小的波澜，心灵深处某个荒芜角落，开满了灿漫山野的朵朵小花儿。许是春天来临了吧！爱情的气息也浓郁了，巧莲的笑容也灿烂芳华。

那次阿辉带着巧莲去野外兜风时，巧莲忍不住地问了他的私人生活。阿辉也毫不掩饰。我是结了婚，老婆在台湾，并且有一个3岁的女儿。怎么，你今天突然想起问这个，阿辉感到有些意外。没有，我只是随意地问问，我觉得有家的男人是最幸福的，热饭热菜热炕头，有点羡慕而已。巧莲充满醋意地回答。

阿辉说，我和她之间根本没什么感情可言，当年的成婚只不过是媒妁之言，父母之命，我一直在大陆，而妻子一直待在台湾老家。她还是一个水性杨花的浪女人，我在外辛辛苦苦地工作，她却整天打麻将、泡歌舞厅……拿着我的钱，在外面包养小白脸，每次回台湾，硝烟四起，不断热战，然后就是持久的冷战。

我孤孤单单一个人在外闯荡，虽然说很有钱，表面上很风光，有房有车的，但精神上不愉快，唉，别提那些伤心的往事啦！谈谈你的择偶标准，说不定我能给你介绍一个合适的对象。

巧莲沉默不语，良久才说，就像你这样的。那一刻，巧莲看到阿辉的眼睛里泛着明晃晃的泪花，亮晶晶，一滴一滴地滴到巧莲的心坎里，溅到她的生命里去。

阿辉约巧莲的次数越来越频繁，看她的眼神也越来越热情，迎着阿辉火辣辣的目光，巧莲的心里翻滚起千层万层的浪，心脏像从油锅里烫过似的，又麻又烫，那种感觉就像在巧莲的心中开成一朵朵鲜花，然后又一片片地凋零，心碎又心花怒放，幸福且又酸楚着。日子就这样漂泊着，这样不明不白地生活着。

情人节到了，这是一个令女人心花怒放、让男人大献殷情的节日。万紫嫣红中，阿辉手捧一束娇艳欲滴的玫瑰花，单膝跪下。巧莲，我的好巧莲，做我的女朋友好吗？我需要你，我爱你。阿辉那幽怨的目光忽闪忽闪，黑夜般清冷凄凉。阿辉一番真情的表白让巧莲热泪盈眶，坚固的堤坝哗然决垮。巧莲小鸟依人般靠在阿辉的身上，在他耳根子底下放大了她的咻咻的鼻息。

巧莲的眼睛里蠕动着千千万万条虫子，在盛夏里蠕出她滚烫新鲜的泪来，阿辉紧紧地抱住巧莲，两人顺势倒在洁白的大床上，阿辉的手抚摸着女人成熟的地方。然后，巧莲看到床单上开出漫山遍野怒放如血的杜鹃花，一大片，一大片……她在疼痛中却欣慰地笑了……

阿辉咬着巧莲的耳朵根子，说，莲儿，我的小乖乖，我会为你离婚的，我要你做我正式的太太，你先等一等。巧莲笑了，把手指伸了出来，勾住阿辉的手指，吹气如兰。两人叫着，拉钩上吊一百年不变，拉钩上吊一百年不变……

就这样，巧莲成了阿辉的女朋友。阿辉疼她，百般千般万般地呵护她，天冷了，他亲自买好被子、手套送到巧莲的宿舍，平时电话里嘘寒问暖，生病时跑上跑下……孤身一人在这座异乡的城市里求生存，生活的艰辛，人情的漠然，这一切所带给巧莲的痛楚，都随着阿辉至诚至真的爱，而飘逝云外。阿辉填补了巧莲情感的空白，她的天空瓦蓝瓦蓝，日日艳阳高照。少女时代与李国威老师的那段青涩的恋情，渐渐地从巧莲的脑海里淡出了。

巧莲的心里其实也在痛苦地挣扎着，她一遍一遍地对自己说，巧莲呀，巧莲，你怎么这样不知廉耻，你与阿辉断了吧，他是有家室的人，你跟着他会吃亏的，你不要这么作贱自己好吗？不要伤害他的老婆和孩子。我求你了，巧莲。巧莲，你要离开他，要不然，你的下一步就是危险的悬崖。另一个声音好像又在说，巧莲心甘，巧莲乐意，没有人管得着，巧莲就是爱他，爱得无怨无悔，爱得海枯石烂，一辈子都难找到的爱情。想着，想着，巧莲的心就隐隐作痛，泪雨纷飞。

时光一晃一晃便过去了，在巧莲正式成为阿辉的情人后，巧莲也顺理成章地成了阿辉的助理。下了班后，两人在一起如胶似漆，日子幸福且甜蜜着。

那天中午，全体员工吃完公司的团年宴饭，巧莲喝了很多酒，她昏昏沉沉地睡了一个下午，头痛欲裂。打电话给阿辉，想叫他捎上药片。只听到电话里响了几下，又咔嚓一声挂断，这是他第一次挂断巧莲的电话。

巧莲的心中升腾起一股无名的怒火，她从床上挣扎着爬了起来，找到他的男秘书。男秘书支支吾吾地说，经理去金富酒店了。巧莲打车赶到金富酒店，在一间灯光暧昧的包厢里找到他。房间里的灯光血红血红，如同一个浓妆艳抹的女人，散发着呛人的胭脂味，让人透不过气来。

阿辉正端着酒杯，醉意蒙眬，两个穿着三点式的女郎坐在他左右侧，举杯敬酒，辉哥，来嘛，再来一杯。一个女人的手不安分地在他腿上摸来摸去，另外一个女人拿着酒杯，向阿辉嘴里送酒。巧莲冲了上去，一把夺过他手里的酒杯，全身的姿势是痛苦的询问。

阿辉竟然很坦然地看着巧莲，醉醺醺的眼睛里布满了血丝。阿辉，你为什么要这样对我，为什么？难道我下贱得连一个三陪女都不如？

我今天心里高兴，忙了一年，我该放松放松了，我来这儿寻求一丝心灵的慰藉，都不行吗？阿辉回答，语气淡淡的，很漠然的神色，像在说着别人的故事。

一个妖艳的女人搭腔了，你又不是他老婆，凭什么对他指手画脚的？阿辉刚刚还对我说，他爱我们俩，要把我们俩发展成他的地下情人哩！请问这位小姐，你是排到第几位，你说是不是，辉哥……

闭上你的臭嘴巴，你们两个都给我滚开，我刚才已付钱给你们，快滚。阿辉脸色一变，怒声呵斥。两个女人搔首弄姿，一扭一扭地走开了，将一个可乐罐子踢在巧莲的脚上。巧莲满脸阴云地望着阿辉，欲哭无泪。巧莲，刚才是我不好，我跟她们只不过是逢场作戏，你也知道，这些人都是婊子，是公交车，谁有钱谁都可以上，谁都可以穿她的破鞋。对你，我才是真心的，你那么清纯、那么可爱，但请你不要太限制我的自由，男人在外面就是这个样子，否则他就不叫男人……

巧莲茫然地呆立在那儿，她知道自己心灵的天平又开始倾斜了，她的心空下起滂沱大雨，扯天扯地，湿淋淋的巧莲缩成一团，而阿辉却在熊熊的篝火边仰天大笑。

然而，眼泪是身外之物，冰凉的泪水就像是公共汽车上的玻璃窗。

天还没完全黑，霓虹灯却已经亮了，在若隐若现的天光里看着非常假，像戏子戴的珠宝，有一种俗艳的风尘美。巧莲漫无目的地走在街道上，暗黄色的脸颊，像烘黄了的面包，刚刚出炉，可以吃的。

一次，阿辉遇到了他以前的情人，他说那个女人为了他，至今都还没有结婚，他觉得挺愧疚的，想将他们的故事讲给巧莲听。巧莲捂住耳朵，尖声叫道，我不想听，我不想听。直到如今，巧莲才知道他的女朋友很多。但有人劝慰她，女朋友越多，就说明这个男人越优秀，主要是看在这一群女人堆里，你是不是他最爱的人。巧莲细细斟酌一番，想想也对，《红楼梦》里的贾宝玉混在女儿的王国里，却痴心地爱着林黛玉一人。

巧莲问阿辉。他说，他和过去的女朋友都告别了，现在他只一心爱着巧莲。善良的巧莲再一次相信了他。她想，他就是贾宝玉，我就是林黛玉。

随着年龄的增长，看着街上活蹦乱跳的孩子，小尾巴似的追在妈妈的屁股后面，乐颠乐颠地叫着，姆妈，姆妈，……巧莲忽然发觉自己很想有个家，有个孩子。空闲时，巧莲会想起那个女人的话，你又不是他的老婆，凭什么对他指手画脚的。对，这一切都因为我不是他的老婆，就为了这句话，我一定要争口气，成为他的老婆，有个温暖的家，有个活蹦乱跳的孩子。

巧莲前思右想，她想只要为他生一个孩子，才有可能成为他的老婆。哪怕此举不成，将来做一个单亲妈妈也好，她也可以在这个孩子的身上找到心灵的慰藉。巧莲甚至幻想着，生个男孩，她会把他培养我遇见你成运动员，天天屁颠屁颠地跟在他身后面捡球；生个女孩，她会天天给她梳小辫子，教她弹琴画画，把她培养成音乐家或画家。

于是，在一次又一次的激情中，巧莲都谎称是安全期。阿辉相信了她，苍天有眼，终于巧莲怀上了他的孩子。为了不被他发觉，巧莲向公司请了一年的假，谎称回老家去看望生病的父母。她怀着孩子不敢回老家，只好去了一个朋友家，给了她朋友一大笔钱，在她家里安心养胎。

十月的艰辛，让巧莲尝尽了做一个女人的心酸与痛楚。孩子生下来，是个男孩，巧莲抱着这个粉嘟嘟的小生命，欣喜若狂，终于，她续上他们家的香火。或许看到这个传家宝的分上，他会与他老婆离婚跟巧莲结婚，这样她和孩子就会拥有一个温暖的家，一个真正属于自己的家。一想到家，巧莲就泪水盈盈，她高兴地跳起来，我很快就有家了，我很快就有家了。她仿佛看到自己那个其乐融融的三口之家，阿辉亲吻着他们的孩子，又亲亲她。她陶醉了，她幸福着……

巧莲抱着孩子千里迢迢地又来到南方，来到阿辉的身边。阿辉大吃一惊，好像她手里抱着的是外星上的妖魔鬼怪，一摸，就会爆炸。阿辉，我爱你，我们结婚吧！看在这个可爱孩子的面上。你，你，你说得倒轻巧，你，你，你怎么这样自作主张，连商量的余地都不给，你这叫我怎么办呀，天呀！……看着阿辉语无伦次、面红耳赤、抱头抱脚的样子，惶恐的感觉海水般地涌上巧莲的心头，她的心一阵一阵地抽搐着、凄惶着。

巧莲急了，拿着水果刀在阿辉面前晃了晃，你们要是不离婚，我就死给你看。阿辉说，我根本离不了婚，最初在我穷困潦倒时，她给过我很多帮助，在我整个创业的过程中，她是我经济上坚强的后盾……末了，阿辉说，巧莲，我给你 50 万元，你离开我，找个好人家嫁了，把孩子留下来，咱们好聚好散。

一阵天旋地转。巧莲说，我要上法庭去告你，拼个鱼死网破。阿辉冷笑着，你去告啊，告你儿子的亲生父亲，这样，你没什么好结果的，我首先就要断了你的经济来源，叫你睡大街、蹲桥洞。

巧莲的工作时间不长，身上仅仅存有一点钱。细细地回想起来，她觉得这个男人太精明了，他是给了她房子，可巧莲连房产证都没有，随时都可以要回去，给了她吃穿，给了她高档的衣服，可留在那里的都是东西，不是现金，说自己是高级二奶嘛，从吃、穿、住，巧莲都算得上是，可她手头从来都没有拿过阿辉超过200元的现金，都是他主动为她或者巧莲自己开口买点什么，他在旁边掏钱。巧莲却十分地相信他，没名没分，还为他生儿子，稀里糊涂地过着日子，现在可好了，工作也没有了，手头又没有积蓄，还抱着个孩子，以后的日子怎么过？一想到这些，巧莲的牙齿咬得咯咯直响，不禁失声痛哭。

在那幢高级的别墅里，巧莲无意中发现一个笔记本，她好奇地打开一看，上面写着日记，准确地说是账目明细：×××日，为莲儿购衣服花去3987元；×××日，给莲儿买高级化妆品，2000元整；×××日，生日那天送房子一套；×××日，金戒指一个；×××日，金项链一条……截止到×年×月×日为止，共为莲儿花费：×××元。巧莲站在那儿，像被电棒当头一击。

在巧莲的再三哀求下，阿辉终于把他老婆请到大陆。

阿辉的老婆有着一头波浪形的卷发，似个鸡窝，染得黄黄的，又像红毛野人。她有着一张极瘦长的脸，像蜜枣吮得光剩下核，核上只沾着一点毛毛的肉衣子。眼睛是蓝色的，但那点蓝都蓝到眼皮底下的青晕里去了，眼珠子本身变成了透明的玻璃球，那是个森冷的女人的脸，古代的兵士的脸。巧莲的神经上受了很大的波动。

阿辉的老婆劈开腿，叉着腰，穿着紧身的超短裙，裙子很短，夸张地裸露出一片白光。巧莲抱着孩子跪在她面前，泣不成声，苦苦哀求着，太太，看在孩子的分上，你放了阿辉吧。

到最后，巧莲开始摇晃着太太的腿，阿辉的太太始终无动于衷地摇摇头，面色冷峻，居高临下地看着她，像挂着十二月的寒霜，一双眼睛是硬邦邦的，还是空心的，几乎是翻着白眼。最后，他的太太从椅子上站了起来，似乎用尽她一生的力量，抬起脚来，甩掉巧莲的手，清脆响亮的一声，一记耳光重重地落在巧莲的脸上，直打得她头晕眼花，喘不过气来。阿辉的太太搁下一句话，自己做了二奶还不知廉耻，还来求我，你丢不丢人，你有孩子，我就没孩子了⋯⋯

晚上，巧莲抱着孩子守在孤零零的大房子里，水是清冷的，房子也是清冷的。它就是偌大的天空，巧莲就像一颗微弱的小星星，天空中悬挂的那一盏孤灯，蜷伏在没有人看到的角落里，忽明忽暗地亮着，照着人间的生灵万物，千姿百态。人们在天底下遥遥地注视她，甚至是亵渎她，可谁也不能给巧莲一丝触手可及的温暖和爱。巧莲默默地流着泪，一颗一颗的泪晶就像一颗颗流星。

但巧莲已经没有退路了，一次，两次，三次，N 次。只要能够逮住他太太的时候，巧莲就哀求她，只求精诚所至，金石为开。

巧莲身心疲惫，可事情还不见半点眉目。巧莲咬了咬牙，决定最后一次求她。动身前，巧莲抱着孩子，怀里揣着一瓶硫酸，腰里别着一把明晃晃的尖刀，泛着冷凛的寒光。要是这次不成功，她也别想留着那副高贵的尊容了。巧莲在心里恨恨地想，所有的辛酸苦辣、爱恨情仇一齐涌上来，将她复仇的火焰烧得旺旺的。

来到阿辉家时，他们一家三口正在用午餐。阿辉的家很豪华，地上铺着无边无际暗花的地毯，脚踩上去，虚飘飘地踩不到花，像隔了一层什么。

巧莲就像是一只小心翼翼顺着球面爬进去的苍蝇，有点鬼鬼祟祟。

他们的女儿亲亲热热地抱着阿辉的脖子，阿辉用饭勺一小口一小口往她嘴里喂饭。那个可爱的小精灵一口一个爹地、爹地叫得正欢，他的女儿吃一口饭，就亲一口阿辉，笑得乐不可支。阿辉的太太在一旁笑着，开心地看着这对互相嬉戏的父女俩，脸上流露出一个为人妻为人母的挡不住的快乐。

这一幕深深地刺痛巧莲的心，巧莲望着她怀里那个可怜的孩子，此时被他的亲生父亲冷落在一旁，这一切几乎令巧莲疯狂，她在心里发着毒誓，这一次无论如何也要把阿辉夺过来。

巧莲把孩子放在客厅，孩子睡得正香甜，他丝毫不知道将要发生什么事情。

先来软的，再来硬的。巧莲走到他们的跟前。这一次，他老婆从抽屉里拿出一张支票，在巧莲眼前晃了晃。你们这些乡下打工妹，不就是要几个钱吗？现在我给你50万元，请你离开他，把孩子留给我们，行吗？她将支票重重地掷在巧莲的脸上。巧莲冷冷地说，对不起，太太，你想错了，我要的不是钱，我要的是人，我要阿辉，我要阿辉，我要孩子的父亲，我不能让我的孩子以后没有父亲……巧莲歇斯底里地叫起来。

要人，要人你就甭想了，你的孩子我们是不会让你带走的，你拿什么养他，你穷光蛋一个，你臭婊子一个，你不配做他的母亲……

巧莲从怀里掏出那瓶硫酸对准她的脸，要不，大家都不要活了。阿辉的太太吓得"花容失色"，浑身瑟缩着，连忙摆手道，别，别，大家好商量，好商量。不是商量，我要你们现在就离婚，离婚，你听见了吗？阿辉早就说要跟你离婚。你还死皮赖脸地缠着他干吗！好，好，我们这就回台湾办理，你先放下硫酸来。

巧莲的手一软，阿辉的太太趁着这一瞬间，扑了上去，眼疾手快地从巧莲的手中夺下那瓶硫酸，往窗外扔了出去。这时，他们家的保安冲了上来，活生生地把巧莲拖死狗似的拖了出去，巧莲一边挣扎着，我的孩子，我要我的孩子……她昏了过去，当她醒过来的时候，她躺在冰冷的地板上，旁边还扔着一张 50 万元的支票。巧莲疯狂地从地板上爬了起来，朝阿辉的家里奔去，可她刚走出房门，就两眼发黑，一头栽在地上，什么也不知道了。

从那以后，阿辉和他的太太，他们的女儿，还有巧莲的孩子像从人间蒸发似的，再也找不到他们了。巧莲去了阿辉就职的那家公司探问，没有一个人告诉她他们的去处，都冷冷地看着她，像看怪物似的。

痛苦，从此就像巧莲的手里一块油渍斑斑的抹布，将生活抹得昏天黑地，终日不见阳光。

离开阿辉和孩子后，巧莲又抽空回到了家乡。

巧莲见到了白发苍苍的双亲，他们比过去更苍老更消瘦了。巧莲拿出她那张 50 万元的支票，给了母亲。哪里来这么多钱？不是违法得来的吧？母亲很惊奇地问道，几乎要从凳子上跳起来。娘，爹，你们就别问了，你们要是再问我，我会发疯我会自杀的，你们也千万别告诉任何人，反正不是偷的，不是抢的，不是违法得来的，你们就放心用吧，这一辈子女儿都欠着你们的。母亲看着泪流满面的女儿，把喉咙处的话活生生地吞了下去，默默地把支票压在床底下。两个老人对望着，瞬间他们老泪纵横。

巧莲来到学校，她想最后一次看看她的初恋情人——李国威老师，她少女时代的记忆又一次被无情地勾勒起，她的心揪得生疼生疼。

李国威老师正在学校的家属大院里，陪着他的女儿玩纸牌游戏。巧莲轻轻地叫了一声，李老师，我回来了。李老师睁大眼睛，眼睛升腾起明亮的火光，巧莲，你终于回来了，在南方过得好吗？嗯，过得挺好的，巧莲灿烂无比地笑了。国威，谁呀？突然，他的妻子刘烟云从屋里急急地走了出来，腰上还系着围裙。她望着巧莲，呆住了。李老师慌忙说，这是我班上的一个学生，她刚从外面打工回来。哦，我见过这妮子，是在你的数学办公室里，你在帮她补习数学。刘烟云冷冷地回应着。看来刘老师的记性非常好。

巧莲看到李老师漠然地背过脸去，又同他的女儿玩起纸牌来，女儿被他逗得咯咯咯咯地笑。看着他那黯然失色怯懦的眼睛，巧莲知道她留在家乡的最后一丝爱情最后一丝温暖都破灭了。她凄凄地叫一声，李老师，我走了。呼啸的风将她的声音淹没了，纸牌在空中飘了起来。李老师头也没抬，仿佛沉浸在与女儿的快乐中。

国威、宝贝女儿，进来吃午饭。刘烟云边吆喝着，边进屋了，进门前还示威似的朝巧莲瞥了一眼，那淡淡的目光，就像刀子似的一刀一刀地戳在巧莲的心坎上。

一切灰飞烟灭，瞬间即空。巧莲坐在驶向南方的列车上，她笑了，笑得满山的杜鹃花红艳艳，笑得古镇的河水哗啦哗啦，这是她一生中最灿烂最纯真的笑容。巧莲的娘和爹远远地追在车的后面，挥舞着苍老的双手，莲儿，你还是回来吧，你别去南方了，别抛弃你的娘和爹，娘也跟你走……爹也跟你走……你走到哪爹娘的心就跟在哪……

双亲的声音越来越微弱了，像断了线的风筝，在空中嘶哑呜咽着。双亲曾经对巧莲说过，莲儿是爹娘手中的风筝，无论飞到哪里，都系在爹娘的掌心，都活在爹娘的心坎里。

娘呀娘，爹呀爹，亲娘亲爹呵！这世上的岁月是不能回头的。

巧莲来到南方后，她彻底变成了另外一个人，她第一份工作就是进了金月亮娱乐城，她要让自己坏到骨髓里，她要让那些花花肠子的男人们都得到报复，她同时也在变态似的报复着女人，她痛恨着整个世界。

于是，在金月亮娱乐城里，她指使黑社会的人暴打欺负菊花的男人李明天，然后又诱使菊花吸毒，让菊花沉沦为风尘女子，然后绑架李兵，勒索钱财。巧莲的心里得到了复仇的快感，那种感觉一泻千里，将她整个精神世界带入到一个飘飘然的境界。她的世界里只有金钱和对男人对性的欲望。其他的东西，什么友情、爱情、亲情，她都不要了，她将自己的日子过得颠颠倒倒、黑白不分。

巧莲执行枪决的那天，她泪流满面，最后号啕大哭起来，菊花呀，菊花呀，我这一辈子最对不起的朋友就是你，是我害了你。爹，娘呀，你们忘记我这个不孝的女儿吧，今后没人给你们养老送终了……

可是这些发自肺腑的真情感言，菊花再也听不到了，这时的菊花已出狱了。

执行枪决时，巧莲执意要从正面挨枪，她说，她这一辈子做了这么多的坏事，今天，她走了，她就要勇敢地承担这一切，坦坦荡荡地迎接她自己种下的恶果。一声清脆冲天般的枪声，划破长空，巧莲胸口的血喷涌而出，染红了整个天空。

第
8
章

孩子没有了

在监狱里，菊花凭着坚强的意志，在警察同志无微不至的关怀下，成功地戒掉了毒瘾。她这时甚至有点庆幸自己进了监狱，要不然，还真是戒不掉毒瘾。是监狱，让她彻底地脱离了毒品的泥潭。

出狱后，菊花又开始了新的打工生涯。旅途颠颠簸簸，菊花累极了。一下车，就在汽车站附近找了一家旅馆住下来，这家旅馆很便宜，10元钱一晚。屋子里很潮湿，光线暗淡，睡在铁架床上，床像散了架似的，咯吱咯吱地作响，老鼠不时地窜来窜去，把这间房当作自己的安乐窝。与老鼠同床共枕，菊花倒不是很害怕。看着窗外川流不息的车辆，不由得滋生出对异乡的恐惧来。到了晚上，天气变凉了，下起淅淅沥沥的小雨来，滴滴答答地打在窗户上。

临窗而睡，风和雨呼啦呼啦地来了，像个吹风筒，灌进被窝，刚被体温暖好的被单又骤地变冷了，人在被窝里抖抖索索。菊花蜷缩成一团，睡到半夜，只觉得脸上痒痒的，手往上面一摸，捉到了一只胖乎乎的蟑螂。菊花把它扔出窗外，干脆蒙头而睡。

枕着风声雨声车声，菊花困极了，昏昏沉沉地睡去了。早上醒来，菊花清点东西时，发现钱包里的 200 元钱不见了，跑到门前一看，连房门都忘了拴。菊花坐在地上，号啕大哭。店主闻声而来，怎么了，他操着不太流利的普通话。我的钱，我的钱——钱——钱，被人偷了，偷了，菊花抽抽搭搭，不停地抹眼泪。你睡觉时忘了拴门吗？菊花无言以对。旁边站着一个妖艳的女子，嗲声嗲气道，丢了就丢了，不就 200 元钱嘛，哭哪门子丧，需要开这么大嗓门，要哭，走得远远的再哭，别待在这儿影响我的生意。

在他们的冷嘲热讽下，菊花拖着笨重的行李，踉踉跄跄地走出旅馆，走远了，又回头望了望店名，"温馨客栈"几个烫金字赫然醒目。菊花晃了晃，有点晕眩。此时菊花的内衣口袋里还缝着 300 元钱，这 300 元钱可是菊花的命根子，它是让她在这座城市唯一活下去的希望。

300 元钱不能再住旅馆了，菊花掏出电话本仔仔细细翻了一通，这个电话本还是菊花上次从家里带出来的，是她从一个布满灰尘的角落里找出来的。

菊花在电话本里竟然找到初中同学玲玲的电话号码。晚上，菊花拨通了她宿舍的电话，玲玲接了，没有嘘寒问暖，只是冷冰冰地说，哦，你也出来了，很好啊！玲玲，我，我的钱……被人偷了，被……人偷……了，你看看……能不能帮衬点什么……菊花变得有点语无伦次了。

我也没钱了，这个月的工资还没发，到现在我还欠着人家哩！说着，说着，玲玲就想挂电话。不，不，我不是来向你借钱的，我是想能不能在你那儿住几天，就住几天，找到工作我马上搬出来，发了工资后，我一定会好好感谢你的，会感谢你的。菊花结结巴巴，声音都哽咽起来。那好吧！我想想办法，你现在乘坐 20 路车过来，在南站门口下车，我来接你。要是玲玲在她跟前，说不定，菊花真会给她叩上几个响头。在这座城市里，有个地方住真是太好了。

到了玲玲那儿，她拿出一套厂服、一个厂牌给菊花。来，把这些穿戴好，你就可以进我们厂，你先在这儿安顿吧，注意，保安有时会来查房，碰巧看到你时，你要装病，他们就不会查你。还有你只能早上 8：30 前出去，晚上 12 点以前要回来，这些你一定要切记。吩咐完，玲玲把目光投向菊花的行李，浅浅盈盈地笑道，哟，菊花，有没有带点什么土特产过来吃？菊花尴尬地说，走时匆忙，忘了带。哦，这样呀，真不好玩，玲玲的脸上瞬间布满乌云。

菊花突然想起包里有一条淡蓝色的长裙，是巧莲送给她的，挺高档、漂亮的，菊花一直舍不得穿它，一直留着做纪念，时时刻刻提醒自己交友要慎重。现在，在这紧要关头，为了能从乌云密布中看到万里晴空，菊花只有忍痛割爱。我这里有一条蓝裙子，还是很新的，我也没什么东西送给你了，就把这条裙子送给你，作为见面礼吧！菊花把裙子递给她，心里空空洞洞的，像失去了金银财宝似的。玲玲的脸色瞬间由阴转晴，兴高采烈接过它，马上试穿起来，在洗手间的镜子前转来转去……漂亮吗，漂亮吗，嘻嘻，嘻嘻……整个屋子都被她转晕了……

菊花啃着水泡的馒头，顶着南方的烈日，开始了漫长的找工之路。走在南方的路上，人如蚁群，来来往往，匆匆忙忙，拐过一个又一个路口。夜晚，一个个巷口，藏着一个个角落里的家，昏黄凄迷的灯光，引着菊花走回了感伤的故乡。

各种各样的电线杆上写着招工广告，许多职位都需要大专以上的文凭，连做一名普工杂工最低的要求都是高中生。菊花怀揣着那张初中毕业证，失魂落魄，一次次地沉沦海底跌入地狱。菊花像留声机一样，不断地向人重复着，我是农村里长大的，能吃苦耐劳，什么活都可以干，只要能给我一口饭吃，有住的地方，不要工钱也可以。

菊花去了那座城市最大的人才市场。人才市场8：00开门，菊花7：30就站在那里等待，人才市场的门前站满了人，黑麻麻的求职者把整条街道都堵住了。进了人才市场，里面的人更多，像蚂蚁似的，每个摊位前都站满了人。菊花进入人流中，她被人挤得左倾右倒的，似乎连放双脚的地方都没有，像波浪一样在人海中颠来倒去。

　　菊花长得较为矮小，密密麻麻的人流把摊位前的招聘广告都遮住了，菊花在人流中挤来挤去，只看到一片黑压压的脑袋，其余就什么都看不见了。菊花想从人流较少的地方钻去，可她发现她根本无法左右自己的身子，人流挤到哪，她就跟到哪，根本就别说找工作了。场内人多，空气又不畅通，菊花只觉得头昏昏沉沉的，胸口透不过气来。

　　等到人员稍微稀少一点时，已是中午12点钟，很多摊位前的主考官都已经走了，这么多的人，不招满才怪了。

　　剩下的那几个招聘单位，不是要求讲白话，就是要有年龄限制、有婚姻方面的限制、有工作经验限制、有学历的限制、有技术方面的限制、有语言方面的限制、有性格方面的限制等，菊花照着招聘广告的条件，一一对应，发现自己根本就不符合条件，也就等于失去了这些工作。在人才市场里，菊花第一次看到了金发碧眼的外国人，他们叽里呱啦地说着英语，求职者也用英语流利地回应着，从容不迫。外国人不时点点头，表示非常满意。人才市场里的"唇枪舌剑"，让菊花感到自己知识的缺乏与寒酸。

　　中午1点钟，人才市场准时关门，菊花垂头丧气地出了人才市场，她又饿又渴又疲乏，可是她在里面挤来挤去，却连一份工作都没找着。菊花累极了，她大口大口地喘着气，一屁股坐在街道的水泥路上。也没有一个人注意她，人才市场的外面还贴了很多招聘广告，求职者们正在看着墙上的招聘广告，神情专注且又充满了焦虑，他们看到合适自己的岗位，掏出笔和纸，认真地记录着厂家的电话、联系人、岗位。直到下午 5 点钟，人流才从人才市场的门口散去，拥挤的街道一下显得空旷清冷起来。

　　菊花掏出早上买来的包子，从包里拿出一只空瓶子，在街边的水龙头里接了点冷水，就着冰冷干硬的包子吃起来。菊花大口大口地嚼着，包子都卡在她的喉咙里，她不断地打着嗝儿。一个包子吃完了，菊花意犹未尽地舔了舔嘴唇上的包子屑，觉得肚子里还是空空的，跟没吃过似的。

　　菊花一趟一趟地往人才市场跑，尽管这里人多，但这里是唯一能够让她找到工作的地方，她没有其他的路可走。

　　苍天有眼，菊花终于在一家电子厂里找了一份杂工，主要工作就是打扫整个厂区的卫生，工资是 500 元钱一个月，这种待遇对于从山窝窝里出来的孩子来说，是个天文数字，管吃管住，还能净赚 500 元钱，这可是菊花那个村里，劳累上大半年才能挣到的钱。

　　找到工作那天，菊花欢天喜地回到厂里，正欲向玲玲道喜。一进宿舍，惊呆了。她的行李从床上扔到地上，东西撒得满地都是。玲玲穿着那条漂亮的淡蓝色的裙子，坐在床沿上，嗑着瓜子，吐出的瓜子壳连同唾沫飞溅到行李上。菊花故作没看到，淡淡地说，请问，是谁把我的行李扔在这里？

　　玲玲没好气地回答，把瓜子壳吐成一条抛物线。谁，谁，谁，还不是新进来一位员工，你占了她的床位，她扔的呗，活该，谁叫你这么久还没有找到工作，这么没出息。菊花的心像被刀子戳穿，剧烈地疼痛起来。哦，我今天找到一份工作了。哟，终于找到工作了，算我小瞧你啦，是做什么的？杂工，就是搞清洁的，山里人的忠厚令菊花如实地回答。杂工，她从鼻孔里哼出一声，不屑地撇了撇嘴。

　　菊花向玲玲道了谢，刚走到门口，玲玲问道，多少钱一个月？500 元，哦，到时发了工资别忘了请我的客哟，我可是你的救命星哩。是，我不会忘记的，菊花向她挥了挥手。

对于这份工作，菊花格外地卖力。工作很繁重，菊花提着水桶，扛着拖把，擦，搓，洗，抹，扫。有时刚刚整理过的地面就被人弄脏了。后勤部的人来检查时，总会皱起眉头，菊花一遍一遍地向他解释，他什么也没说。不久，在告示栏里贴出了通告，凡是乱扔垃圾，在刚打扫的路面上扔垃圾的，一经查实，就得扣除本月的奖金和全勤奖。这样一来，情形就好多了。偶尔会碰上个别的人乱扔垃圾，菊花跟在后面不厌其烦地捡起来。日子久了，他们也把她当朋友了，这样，菊花的工作干得非常出色，工资也升到每月800元。

工厂的食堂靠在围墙边。那天中午，菊花刚从食堂里打饭出来。听到围墙外有人在轻轻地叫唤着：大姐，大姐，帮帮我，帮帮我，我好饿。菊花循声而去，见到一个黑瘦高个的男孩，从围墙上探出头来，闪着乞求的目光看着她。菊花向他投去善意友好的笑，忽然觉得这人有点眼熟，原来是何军，那个帮她在招工骗子手里夺回100元钱的湖南老乡。何军并没有认出她来。大姐，我的钱被人扒了，没钱吃饭了，我现在很饿，您能打点饭给我吃吗？一听到他的钱被人扒了，菊花顿时回想起自己的经历，同病相怜。

好的，何军，我是菊花，还认识我吗？你帮我从招工骗子那里夺回了100元，还暴打了他们一顿。菊花轻声说，瞅了瞅四周，还好，都没有保安。菊花踩着围墙边的砖头，把饭盒递了出去。快点吃吧，离我们工厂远点，别让保安给发现了。何军也记起来了，哦，谢谢菊花，等吃完了，我把饭盒再递进来。饭盒不要了，你拿着吧，快点走。他接过饭盒，走开了。

菊花走进食堂，又要一份饭菜。打菜的师傅问她，刚刚打了一份，怎么又要打一份？菊花说，有个工友生病了，刚才那份是给她打的。哦，这样，我再给你打一份，你就在这里吃，不许走开。好的，菊花回应道。

菊花吃完饭，刚走出食堂，她发现围墙上探出个头来，是何军，他用低沉的声音说，菊花，谢谢你，我把饭盒送过来了。说完，将饭盒递了过来。菊花摆摆手，正想说，不用了，你赶快走开吧。就在这时，保安走了过来。菊花急坏了，公司规定是不能打饭给外人吃的，一旦查到，就得炒鱿鱼。

菊花向保安点头哈腰，献上女孩子最温柔最妩媚的笑，连声道：这个男孩的钱被人扒了，他实在是饿坏了，乞求我给他点饭吃。我，我，我就把自己的那份饭给了他吃，就这一次，您能不能网开一面？保安笑了笑，好啦，好啦，我不为难你这个小女孩了，我认识你的，你叫菊花，对不对？只不过以后要注意一点，这样的事千万不能被老板发现。因为，有时他会亲自过来视察，也不能被其他的保安看到，并不是每个人都有我这样的好心肠，他们会出卖你，到老板面前告你，领赏的。谢谢这位大哥，菊花感激地朝他敬了一个标准的军礼，他咧开大嘴傻乎乎地笑了。

从那以后，每当菊花去食堂打饭，总会瞅瞅围墙外，可何军再也没有出现，也许他听到保安的那一番话吧！菊花以为再也不可能与他见面了。

有一天晚上，菊花的心情特别好，她来到离厂区不远的一块草坪。一到傍晚，这块草坪便会变得很热闹，附近厂区的工人们三五成群来到这里休憩。有拍拖的，有带着父母小孩散步的，当然更多的是热恋中的情侣。

菊花独自一人在草坪上坐了下来，望着一对对相拥相啃的恋人们，菊花孤影自怜，不禁想起顺子来，她的心又莫名地揪痛起来。她在心底恨恨地告诉自己，要忘记顺子的话，就应该彻底地谈一场天昏地暗的恋爱，然后结婚，这样就可以彻底地忘记他，死了自己这条心，也死了顺子那条心。

菊花在这片草地上坐到 12 点半，夜色中的水汽越来越浓厚。菊花从草地上站了起来，准备回去，她忽然听到一阵熟悉的笑声，似曾听过，很轻微的声音中夹杂着暧昧的喘气声，似乎还有男人的气息在草地上回荡。

菊花好奇地循着声音走过去，淡淡的灯光照在草地上，菊花睁大眼睛，在几棵浓密的大树掩盖下，她终于看清楚了，发出声音的是玲玲，不过在玲玲的身上还压着一个男人，男人的裤子褪出腹部那一小部分，玲玲的裙子被掀到了上半身，男人正在一边亲吻着玲玲的嘴，两只手在玲玲的胸上摸来摸去，还一边在玲玲的身上起劲地动作着。

玲玲发出压抑快活的喘气声，直听得菊花的脸发红发烫。菊花刚想悄悄地走开，一不留神，绊到了一根粗壮的树根，她重重地摔倒在草地上。巨大的声响吓坏了玲玲和那个男人，俩人迅速地提起裤子，穿好衣服来。

玲玲眼尖，一眼就看见了菊花。你，你……菊花，你怎么……在这里，玲玲很不好意思地说，脸上的红潮还在疯狂地往上涨。菊花支支吾吾，我无意路过这里，听到这里有响声，以为是有人在这里打劫，我就，我就……过来了，真对不起呀，真对不起呀，真对……不起……我什么也没看见，什么也没看见。菊花连声向玲玲和那个男人道歉。

唉，算了，算了，都看见了也就算了，我们这也是没办法呀，玲玲说，菊花，这个男人就是我男朋友刘胜利，我们谈了 5 年啦！平时我们又不会在一起，只有逢上星期天，我们才能偶尔相聚一次。

菊花问道，玲玲你就不怕治安队来查吗？

不怕，这里的治安队员还是很有人情味的，只要不是抢劫和偷劫、强奸之类的治安事件，他们是不会过问的。

菊花，你现在仔细地在这块草地上走一圈，在那些被树丛掩盖的草丛里，绝对还可以找出两三对正在戏水的活鸳鸯来。

菊花深深地叹了一口气，她怀着沉重的心情回到了工厂。

几个月后，菊花买了一大袋水果，用红纸封了一个 100 元钱的红包。她要去玲玲那儿，她要好好地感谢玲玲。尽管那时玲玲对她不冷不热的，但是她还是给了菊花住处。菊花是一个懂得感恩的人。

菊花提着大袋的东西，趁着保安不注意的时候，混进了玲玲的宿舍。玲玲一个人在宿舍里，她似乎比以前胖多了，整个身子都浮肿起来，像一只气球鼓起来。菊花的心里暗暗吃惊，玲玲咋变得这么胖了，像怀了孕似的。

玲玲，什么时候变得这么发福了？好有福气呀，是爱情把你滋润成这样的吧。菊花打趣道，玲玲，看，我给你带来很多好吃的东西，给，还有一个大红包，谢谢你在我最困难的时候帮了我。这没什么，这是朋友应该做的。玲玲睁着枯瘦如柴的眼，苦涩地回答，语气中透着一股沉重和悲伤。菊花从玲玲的神情里看到了她的不愉快。玲玲似乎比过去更憔悴了，头发乱糟糟得像只鸡窝，眼睛也黯淡无光。

玲玲，你怎么啦？身子不舒服呀？菊花关切地回答。玲玲红着眼圈，不愿回答。两个人有一句没一句地搭着话，气氛有点尴尬。忽然，玲玲的肚子剧烈地疼痛起来，她迅速从桌上操起一把剪刀，冲进了洗手间，把门死死地关住了。一会儿，从洗手间里传出玲玲凄厉的叫喊声，像女鬼在尖叫。菊花焦急地站在洗手间外，拍着门叫道，玲玲，怎么啦，你快把门打开，我送你去医院看病。你，别管我，你快走，你快走，等下保安会来查房的。玲玲在洗手间里大声地叫喊着，你快走，我不想再见到你。

玲玲痛苦的叫声越来越尖锐了，像吹破了的箫声，声音穿透了房门，刀子般直刺入菊花的五脏六腑。慢慢地，玲玲的叫声越来越微弱了，菊花似乎听到了婴儿的哭声。那一刻，她呆住了，她终于明白了一切。菊花在门外大声喊，玲玲，快开门，快开门，我送你们去医院。玲玲还是不把门打开，急得菊花直跺脚，真想破门而入。

半小时后，玲玲满脸汗水从洗手间出来，她面带倦容，面色苍白憔悴，就像死过了一回似的。她手里抱着一个婴儿，可是那婴儿已经断了气。玲玲浑身是血，地上有玲玲亲手剪断的脐带。

玲玲，孩子怎么死了，快，快，我扶你们去医院。不用了，玲玲无力地摇摇手。休息一会儿就好，在我的柜子里有包白糖，你加点开水，给我冲一杯。

菊花在玲玲的柜子里找白糖。就在这一瞬间，玲玲把用被单包裹的孩子从窗口猛地抛了下去，只听到咣啷的一声，那个可怜的孩子从此远离这个世界，连他小小的身体都不能在妈妈的怀抱温暖片刻。窗下是一个又脏又臭的大垃圾场，里面堆满了各式各样的垃圾，蚊子和苍蝇在那里安了家，时不时还有野狗在那里出没。菊花手中的杯子，啪的一声掉在地上，热水差点烫到她的手，菊花本能地缩了缩手，吹了吹手指。

玲玲，你，你，你怎么把你的孩子扔下去，那可是你的亲骨肉呀，他会被野狗吃掉的。菊花瞪大眼睛，不敢相信似的望着玲玲。

孩子生下来时还有一口气，不到半分钟，他就咽气了，是个男孩，既然已经死了，死了，还留着他干什么，要是让厂里的人知道了，我会被开除的，失去了这份工作，这就意味着我失去了一切，一切都必须从头开始。从头开始，你知道吗？菊花，那种滋味是多么痛苦，你是不会知道，不会理解的……玲玲歇斯底里地叫起来。

菊花，快点帮我冲洗洗手间的血水，把我换下的血衣洗了，快点，不能让其他的同事知道。玲玲焦急地向菊花示意着。菊花手忙脚乱地忙活着，忙完后，菊花把玲玲扶倒在床上。

菊花问玲玲，你男朋友刘胜利知不知道这件事？唉，就别提那个千刀万剐的刘胜利了，他早就另有新欢了。自从他知道我有孩子后，他就溜得无影无踪，前几天，我在大街上偶然碰到他。他正搂着一个年轻漂亮的女孩，有说有笑的，一看就是情侣关系。我冲上去，质问他。他居然毫不畏惧，还说，哪里来的野女人，我根本就不认识你。说完，他就拉着那个女孩的手，上了一辆摩托车一溜烟走了，直把我气得七窍生烟。菊花，我们女人的命咋就这么苦哩，真是比黄连还要苦呀！不说了，不说了，我没有力气了，我要睡觉了，菊花，你帮我盖好被子，快回去吧，被保安看到了不好。

那你这个样子，怎么办？我给你买点药，等下我就送上来，先把你的厂服和厂牌带出去。好吧，玲玲点点头。

菊花在药店里买了些补药、补品送到玲玲的宿舍。玲玲感激地直摇晃着菊花的手，说，菊花呀，过去真对不起你，对不起你呀，那时，我对你太冷漠了。那时，我之所以对你这么冷漠，是因为我怕你找不到工作，就会向我借钱，所以我故意装出很冷淡的样子，菊花，我也穷呀，我那个男朋友隔三岔五找我要小钱花，我的大部分工资都填在他的窟窿里。这也是迫不得已呀，你要原谅我呀，菊花！

我原谅你，我早就原谅你了，我还应该好好地感激你哩，你冒着被开除的危险，给了我一个住处，这已经很不容易了。你好好地养身体吧，好好地爱惜自己……有什么需要，就到我厂里来找我。菊花把自己工厂的地址递给她，然后关上房门，蹑手蹑脚地走了，生怕再惊醒玲玲似的。

玲玲在床上无声无息地哭泣着……她眼前闪现出孩子垂死挣扎的神情。

玲玲的孩子是她亲手捂死的，孩子出生时还很有活力，很响亮地啼哭着。玲玲用手死死地捂住孩子小小的嘴唇，原本红扑扑的脸蛋，一会儿就变得紫青了，像一盏消毒用的紫光灯，发出鬼魅的蓝光。一眨眼的工夫，孩子便在玲玲的手中断气了，一条鲜活的生命化为几缕炊烟升上了天堂。

那一刻，玲玲对自己说，孩子，你别怪母亲狠心，要怪就怪你那造孽的爹，我不但养不活你，还会丢失工作，再也没有脸面回乡。

玲玲躺在床上，望着窗外，淡蓝色的天上现出一段残虹，短而直，红、黄、紫、橙红。太阳照着阳台，水泥栏杆上的日色，迟重的金黄色，显得暮气沉沉，像一个伛偻的老女人。玲玲有了一种奇异的感觉，好像天快黑了，不，已经黑了，玲玲心里的天也跟着黑下去，缓缓地黑下去了，说不出来的昏暗的哀愁……像做梦似的。窗子前面浮现出她儿子的脸，儿子的脸是黑色的，像月亮里的落影。

玲玲的身子痛苦地抽搐着，儿子的死，在她的心口插上了一把锈迹斑斑的刀，扎得她血淋淋的。

街道上，收垃圾的老太婆"叮当叮当当当当"地摇着铃，每一声都是冷飕飕的。

第
9
章

菊花恋爱了

菊花的工作干得很出色，半年后，老板把她调入写字楼，当了一名见习文员，工资也涨到了 1000 元/月。可是菊花发现，自从自己升职后，昔日玩得较好的姐妹们却一个个对她冷淡起来，慢慢地疏远她，跟她说话也是躲躲闪闪，有话在她们心中藏着掖着，也不肯说给菊花听。她们用一种半是妒忌半是羡慕的目光审视着菊花。菊花感到自己就像一只掉队的雁儿，很孤独、很迷茫、很彷徨。

失去了同伴友谊的异乡的岁月，是孤独寂寞的。每到深夜，菊花一个人静静地守着广播，听缓缓放送的音乐。灵魂张开记忆的翅膀，飞过岁月的边缘，总浮现出一张张青春的老照片。那些飘扬穿过指尖的细软黑发，顺子那黑白分明的眸子，在时光深处，风化崩塌，碎片溅放出来，轻轻淡淡泼洒着夜的颜色。遥远、亲近、虚幻、真实、伤感。如海里浪，浪花拍岸，一刹那飞扬、一刹那绽放、一刹那消失。泪光在悸动的夜潮里晶莹剔透。

辽城广播电台晚上有个谈心节目叫《今晚有约》。每天晚上菊花都枕着他们的心情故事入眠。终于，在一个风轻云淡的晚上，菊花用颤抖的手打进了《今晚有约》的热线。

您好，这位朋友，请问今晚您想谈点什么？一个洪亮但又夹杂着沧桑的声音远远地飘来。菊花的灵魂微微一震，似曾相识，但又陌生遥远，菊花落泪无语。今夜，这座城市我不再寂寞，有一个人在远方静静地聆听她的倾诉。

　　请问这位小姐，今晚您想谈点什么？那个带有磁性的男中音再一次响起，掀起菊花心湖美丽的涟漪。那一夜，菊花向他讲起她和顺子苦涩的爱情、巧莲和玲玲的故事、在外找工作的艰辛、人心的种种叵测，还有那个可爱的男孩何军……电台的主持人在那头静静地聆听着，末了，他亲切地说，菊花，你应该把人生看得灿烂一些，在这异乡的尘埃里，至少，每晚还有我这样一粒尘埃做你的知心朋友，温暖异乡落寞的岁月。

　　是呀，在这座偌大的城市里，至少还有一个人在默默地陪着她，自己不再是孤魂野鬼，四处遭放逐。菊花的心情豁然开朗，浑身上下，每一个毛孔里都是暖洋洋的。那晚，他们聊至深夜。

　　日复一日，月复一月。渐渐地，渐渐地……菊花发现自己迷上了他的声音，每晚都要枕着他的声音她才能入睡。她突然意识到自己恋爱了，她的心里升腾起一种对顺子的愧疚感。可是一想到顺子，菊花的心又莫名地揪痛起来，伤心的往事一幕幕地浮上来。菊花想，我是配不上顺子的，干脆就放弃他吧。也许有了新的感情，才能够真正地忘记他。

　　日积月累，煨熟的小红薯越嚼越香甜，咀嚼得太久了，菊花产生了想与他见面的强烈的欲望。

　　电台的主持人有个很好听的名字叫雨辰，夹杂着淡淡潮湿的意韵。雨辰在电台里说自己已离婚了，这正合菊花的意，自己已不再是清纯少女，正好找这样的男人过日子。

　　在菊花电话的邀请下，雨辰答应了与她见面的请求。菊花依稀记得，那天的阳光是熟金的，隔着巷角斜斜地照着微小的她，想点燃她多情的发梢，将她焚烧成灰烬。在午后阳光的晕眩里，菊花看到了高大英俊的雨辰，他的笑容亮晶晶的，像开启陈年的老酒，香醇久远。那一刻，菊花在烈烈地燃烧，失语，失去自己。

雨辰伸出刚劲有力的大手，轻轻地握住菊花纤细的小指，你好，淡雅如兰的菊花。一股电流贯穿菊花的全身，她在阳光下不断地颤抖着。

雨辰望着菊花，菊花的脸庞侧影有着极其流畅艳丽的线条，孩子气的短短的小鼻子，小而白的门牙，因为紧张与激动，菊花的鼻子上亮莹莹地闪烁着汗珠儿，像一个喷水池里湿濡的铜像。雨辰微微地笑了。

他们坐在茶馆里，像相识多年的老朋友，促膝长谈，他们谈人生、谈理想、谈爱情、谈时事……

与雨辰相恋的日子，菊花开始喜欢上雨天。在潇潇的雨天里，感受着他气息的存在，他身上散发的淡淡烟草味道。下雨天，雨辰拥着菊花入怀，撑着一把橘红色的小雨伞，沿着大街雨巷缓缓地走着。

雨辰就像一道强光，射进菊花多情的心扉，开启她尘封已久的心窗。在爱情雨露的滋润下，春天，便节节开花，菊花整个人都光鲜洁亮起来。菊花幻想着若干年后，能成为他最幸福的妻子，从黑发飘逸的年代走向白发苍苍的暮年。某一天，菊花变成蓬头垢面、喋喋不休的老女人，一手牵着他的孩子，一手拎着菜篮，在市场的人流中，撞来撞去，与小贩们讨价还价，或某一天与他厮打得"面目全非"，然后和好如初。

看着雨辰儒雅的样子，菊花突然对自己还是个普通文员在乎起来。下了班，菊花开始智力投资，参加各种电脑培训班，上业余学校，读大专的函授班。深夜伏在书本上，如饥似渴地啃到天亮，从菊花嘴里吐出来的词儿有点文绉绉了。菊花在心里暗暗发誓，一定要靠知识改变自己的命运，做一个现代白领，更好地增强自己在这个社会上的生存能力，以缩短她与雨辰之间的距离。

一向不喜欢打扮的菊花，竟然穿起了尖细的高跟鞋，走起路来，一颠一簸的，像只笨拙的企鹅。菊花也留起长发，穿上长裙。灰姑娘要正式向白马王子求爱了。

雨辰的身影越来越修长，就这样，菊花和他的交往渐渐地频繁起来。像所有的恋人一样，风花雪月的故事，就这样炽热化地发展下来。

情，就像撑着一支长竹篙，向鲜花更艳处漫溯时，便是爱情海了。

雨辰生日那天，菊花第一次去了雨辰的宿舍。宁静的小屋，角落里堆放着乱七八糟的杂志，散发着单身男人独特的气息。窗外是灯火流成的河，太迷离，烛光太摇曳，窗内是波涛汹涌的海。他们点上红烛，品着红酒，开怀畅谈。灯火鳞次栉比地落了下去，又亮了起来。明明灭灭，雨辰在酒杯里忽忽悠悠，荡漾成桨声灯影里的湘江，菊花就像醉入其中的那条小鱼，在星辉斑斓里放歌；与江水嬉戏，欢快地遨游……遨游……

淡淡的烛光，映照着菊花微醉的脸，使她失去了自己。袅娜的音乐，有一种昏眩的迷离。她娴静温柔地笑着，灿烂成一片爱情的花海，淹没了自己。雨辰走了过来，似云里雾、雾里花，朦朦胧胧。他的声音若即若离，飘漾在空中，夹杂着一股穿透心房的暖流，酝酿着夏天的温度。

菊花，谢谢你陪我度过那段艰难的岁月。在我们相处的日子里，慢慢地，慢慢地，我发觉自己喜欢上了你，是真心的。菊花……雨辰张开双臂，抱住了她。轻曼舞动的水草，潮湿清润的味道，菊花晕眩无语。发丝，被他的大手揉捏温暖过，像被深深爱恋的女人，那个女人便是她——菊花。

蓦然回首处，灯火阑珊。菊花不知道那团燃烧的烈火是怎样温凉的，窗外的烟花又是怎样地散去。她只知道自己在心底一遍一遍地呢喃，雨辰是她一生一世相依为命的男人，她要嫁给雨辰，雨辰，不要嫁给顺子，不能嫁给顺子……

在那里，菊花度过了刻骨铭心的一夜，菊花把女人的整个世界都给了他。菊花突然发觉，这种感觉是顺子都不能带给她的，顺子与雨辰比较起来，顺子有点土气，可雨辰是那么有涵养、有风度，很有城市男人的味道。

从那一次暧昧的关系后，雨辰对菊花反而有点生疏起来。菊花想，可能是他觉得愧疚吧，爱情的燃烧，熄灭了理智之火，令菊花更加痴迷地爱他。

翅膀渐渐长得丰满，菊花开始不满现状，随着滚滚的人流，来到人才市场。此时，菊花怀揣的是大专文凭，虽然它是函授，但却令她倍增勇气。她在展台前，不断地找寻着适合自己的职位，每一个展位上都坐了主考官。菊花每望一个适合自己的职位，总要望一望公司的主考官。当她看到一家大型的机电厂招一位人事文员，要高中以上文化。眼前一亮，菊花看到了那个曾在围墙上向她要饭的男孩，此时的他，多了一副眼镜，斯斯文文的样子，但菊花还是认出了他，正是何军。

他正不慌不忙地与求职者交谈着，考问着。菊花挤到摊位前，静静地看着他，等那个求者职走开，菊花在他面前坐了下来。先生，您好，我想应聘贵公司的人事文员。何军愣了一愣，喜出望外地看着菊花，终还是没叫出口来。菊花把资料递过去，何军例行公事地考了菊花几个问题，就给了她一张复试单。

原来，何军在人才市场找到了一份做行政的工作，因为工作出色，现被提拔为行政部经理。就这样，顺理成章，在何军的帮助下，菊花摇身一变，成为这家公司的人事主管。坐在窗明几净的大楼里，手指弹跳在键盘上，菊花呢喃自语：何军，感谢你，雨辰，我也应该好好谢谢你，没有你的爱，我今天也许还是一名初中生，还在做一名普通文员。

进厂的第一天，何军拿出一个饭盒，这是你当年给我的饭盒，我一直保留着它，作为一个永恒的纪念。我曾去那个厂找过你，可保安不耐烦地告诉我，你早已出厂，我就再没有去了，真不好意思。

在公司，何军像大哥哥一样，无微不至地照顾菊花。在他的帮助下，菊花的工作做得很出色。工作顺心了，菊花与雨辰的约会越来越频繁，每次暴风雨般的激情，让他们享尽了爱情的甘露、青春岁月的芳香醇美。

何军看菊花的眼神愈加幽怨，菊花也没往细里想，她视他为自己的亲大哥。

一年过去了，菊花对雨辰说，雨辰哥，咱们交往这么久了，什么时候结婚呀？

什么，什么……结婚，我，我……还没有想好呢！这样过日子不是挺好吗？

菊花望着雨辰惊惶不安的样子，她突然意识到自己提前透支了爱情的美好。这是一个怯懦的男人，一个陌生的男人，他终会让他们的爱情雾里看花，虚幻，缥缈。

每次提到结婚这个问题，雨辰就把这个话题支开，要么就干脆走开，置之不理。菊花气极了，拉下脸来，与雨辰大吵大闹……

菊花隐隐约约地觉得这一切也许都该结束了。曾经刻骨铭心地爱过他，无论岁月是怎样地流转与轮回，你对他有多恨，爱是永远都抹不掉的，菊花就是这么一个自贱自受的人。

一个清风习习的夜晚，菊花忍不住打开收音机，收听《今晚有约》节目。节目快要结束时，雨辰说：今晚的《今晚有约》已走到尽头，谢谢各位的收听，下面请听晚间新闻。《今晚有约》已走到尽头，这句话犹如一阵电击，菊花的心里掠过一阵莫名的惊慌，她连忙打他的手机，手机里一遍一遍地响着，对不起，您拨打的用户已关机，请您稍后再拨。对不起，您拨打的用户已关机，请您稍后再拨。

从那以后，菊花再也没有听到雨辰主持的节目，他的手机也一直处于关机状态，菊花忍不住打电话给他台里，他们告诉菊花，雨辰已辞职回老家了，听说，是他的爱人得了重病，他不会再回来了。菊花瘫在地上，原来他根本就没有离婚，怪不得每次提到结婚，他就烦躁不安，或者干脆置之不理。

一个细雨飘飘的黄昏，何军对菊花说，我不想知道你曾经的故事，也不在乎你的过去，我是真心喜欢你，我愿意敞开怀抱，给你一个最暖和的港湾，你能接受我吗？菊花拒绝了他，经历过情事无尽沧桑的变迁，她身上千疮百孔，五脏六腑都是疼痛，都是揪心。况且，她的身子骨已不再冰清玉洁，她不配再享受纯真如玉的爱情，菊花甚至想独身一辈子。

菊花说，何军，我配不上你，真的，我是一个不折不扣的坏女孩，身子和灵魂都是肮脏的，我只会将过去的阴影带给你，不能将灿烂的阳光带给你，你忘掉我吧！

菊花迅速地办理了辞职手续，离开了何军的视野，她不愿意伤害这个至诚至真的男孩，她祝福他永远幸福安康。

菊花临走的那一刻，老板叫住了她，叫财务给她 500 元。菊花诧异地看着老板。老板淡淡一笑，你在我们公司做得非常好，这是发给你的奖金，欢迎你以后再回来上班。菊花说，那是我应该做的，这 500 元不是我工作所得，我是不会收下的，非常感谢您的一片好心。

从那以后，在南方的暖阳里，在陌生的人群，菊花觉得特别冷。菊花学会沉默，学会世故，学会用一双空空漠漠的大眼睛，加上厚厚的啤酒瓶，去透视这座失忆的城市，用眼镜的度数来折射这座扭曲变形的城市，衡量它的近视高度。

往后的日子，菊花也曾际遇了不用缅怀的邂逅，也曾际遇温暖的洋潮，再也不敢亲近、不敢触摸，只觉得自己背负着太多太多的情债。背负得太多，而有些东西是永远背不到终点的。

菊花说，自己只是飘落在这异乡的一粒尘埃，注定是要四处飘零的。

第
10
章

布鞋的爱情

失去了菊花的日子，一切都变得寡淡无味，何军也怅然地离开了。

何军回到了湖南长沙，在一次很偶然的机会中，他惊奇地发现街上很多人不论男女老少都穿着布鞋，成为长沙街头一道奇异的风景。一向很讲究时髦的长沙人竟然很喜欢穿布鞋，长沙的巨变，长沙的陌生，长沙的新鲜，让何军觉得不可思议，有点像天方夜谭。

在何军的老家衡阳，人们是不爱穿布鞋的，他们最喜欢穿那种锃亮锃亮的皮鞋，走起路来咚咚咚地清脆作响，皮鞋越光亮，走得越响亮，好像就越能体现出人的身份和价值观。

长沙街头怎么会有这么多的人穿布鞋？何军疑惑不解地问长沙的朋友。朋友笑着告诉他，何军，这你就不知道了吧！现在的人类进入了一种返回童真、返璞归真的时代，说得文雅一点，这叫怀旧情结。就像时下一句流行的话，"农村人对城里人说，我们刚刚吃上肉，你们却吵嚷着要吃素菜，减肥了"。所以现在的人们都不喜欢穿皮鞋，改穿布鞋了。

再说哩，布鞋比皮鞋更养脚，穿在脚上很舒服，灵活轻巧，不易得脚气，得"香港脚"，走起路来坦坦荡荡的。长沙人最喜欢穿布鞋，越是有钱人越喜欢穿。好奇的何军又询问了布鞋的价钱，当他听说这种普通的布鞋在长沙要卖到40多元一双的时候，何军简直不敢相信自己的耳朵，这种布鞋在衡阳40元就可以买到20双。

"40元、一双、20双"，当这几个数字在何军的脑海中跳来跳去的时候，敏感的何军马上知道财富的大门已经向他敞开温情的怀抱了。何军从小到大，他的身体里就似乎蕴藏着不安分的元素，使他不安于现状，时时渴望打开命运的另一扇门，渴望成功，渴望财富，渴望出现爱情的奇迹。

商机摆在何军的面前，何军将拳头握得紧紧的，对自己说，一定要把握好这个机会。

何军仔细地观察了这些布鞋，他发现这些布鞋的制作工艺与老家衡阳的没有什么太大的区别，只是在鞋帮的上面多加了几道花纹。

何军在长沙待了半个月后，摸清了长沙的布鞋市场，便匆匆忙忙地返回了老家衡阳。他用了所有的积蓄在衡阳市中心租了一套简陋的房子作为厂房，并临时雇用了30多个工人进行生产，布鞋的工艺全靠手工，布鞋厂的工人的年纪都是在40岁以上，他们有着精湛的制鞋手艺。

就这样，一间简陋的布鞋作坊就奇迹般地产生了，何军把布鞋作坊取名叫："菊花布鞋坊"。

何军收集了大量的民间布鞋的资料，挑灯苦干，仔细地研究布鞋的款式和花样。但是他给工人们定下了一个死规矩，布鞋面上的花纹统一绣上菊花，绝不能更改，一旦发现哪个工人私自更改了花朵，就立即炒他鱿鱼。

由于是手工布鞋，手艺当然是最重要的，因为手工做鞋最重要的是手艺上的熟练。一双好布鞋的针眼大小应该是如出一辙，并且每条线的粗细也要一样。为此，何军对员工的要求十分严格，几乎是到了从鸡蛋里挑骨头的地步。何军暗暗对自己说，作为一个刚成立的小厂，质量是今后得以生存的保障，不得不要狠心一点。

何军的布鞋无论是在做工上，还是在款式上、价格上都比长沙的布鞋要好得多，但他并不满足，总是觉得还缺少自己的一些特色。

何军对自己说，既然是从长沙那里得到的灵感，就应该再去长沙寻找灵感，于是何军亲自穿上做出来的布鞋来到长沙考察布鞋市场。

在长沙，何军拿着十多种布鞋陆续地拜访了长沙制作布鞋的名师。何军听朋友说，曹财南老师傅的制鞋工艺是长沙市公认最好的。

何军为了得到曹师傅的真经，一口水都没喝一粒米都没有沾，顶着烈日，在他家门外站了整整一天，何军的诚意感动了曹师傅，他觉得何军是个可造之才。曹师傅破天荒地将一些做鞋的秘诀传授给了他，而何军在虚心学习的同时，也将自己的一些想法和独特的创意融合进去。

两个月后，何军的第二批布鞋就生产出来了，对于这批鞋，何军寄予了厚望，成与不成就看这200双布鞋了。

没想到这些布鞋刚刚投入长沙的市场就一炮打响，样式美观又不失传统特色，尤其是绣在鞋面上各式各样的菊花栩栩如生，情趣盎然，一双双鞋子就像栽上了一盆盆菊花，菊花多姿多态，竞相开放，从鞋面上翩翩然地飞出来。鞋子里便有了一种少女的馨香。

布鞋穿在顾客的脚上轻巧得像一只小飞燕，很舒服，很耐看。何军的布鞋作坊很快在长沙站住了脚，订单如同雪花般地飞来。

凭借着顾客对布鞋的良好口碑，何军和他的布鞋作坊又一举南下，占领了好几个大城市，成了远近闻名的"布鞋王"。何军的布鞋作坊也从最初的30多人增加到300多人，工人的工资也翻了一倍。

由于布鞋的热销，小小的布鞋作坊已经不能满足市场的需求。

何军做出大胆的举动，正式迁厂到长沙，注册了"菊花鞋业有限公司"，建立了湖南市场总部。他成了公司的董事长。

几年下来的摸爬滚打，何军准确地预测到了商场的风云变幻，何军的加盟连锁店达到了50家。白天看的，晚上做梦想的都是各种各样的布鞋，何军似乎成了菊花牌的"布鞋痴"。

布鞋彻底地改变了何军的人生，他穿着"菊花牌"布鞋走进了千万富翁的行列中，步伐越走越铿锵。

记者采访何军时，何军说，别小看布鞋上的每一个针脚，每一朵姿态不异的菊花，它们都有着各自的传统文化和多元文化，它们都具有极强的生命力。

布鞋的买卖不仅仅是一种商品的交易，还增添了生命、生活、爱情、文化的意义、意趣、内涵。做生意也要讲究快乐、商道、意义。我最初做布鞋是因为怀念我曾经深深爱过的一个女人，她的名字叫菊花，我的每一双布鞋上都绣上了各种姿态的菊花，看到鞋子，我就想起她。

现在，何军的加盟店达到了200多家，成为珠三角地区最大的布鞋连锁企业之一。

何军说，他要让天下每对有情人都来领略布鞋的爱情魅力。

何军说，他最想做的事，就是他曾经深爱过的女人——菊花，能亲自穿上他做的布鞋，菊花才是布鞋真正的女主人。今天，他所做的一切都是源于对菊花的真挚热烈的爱。

何军说，他想让菊花穿上布鞋，做他最美丽最幸福最贤淑的新娘。

何军说，布鞋朴素大方，就像农家少女拥有了一段纯真无邪的爱情。

可是，何军再也没有见过菊花，菊花彻底地从他的世界里消失了。

第
11
章

第一次婚姻

菊花来到 S 城一家法资家具公司做销售文员，做销售这行，不需要多高的文化，只要能把产品推销出去就行。

干这一行，灯红酒绿，少不了有时要出去应酬，喝喝酒，跳跳舞。

那天，法国老板路易丝笑眯眯地走到菊花面前，脸上那一摊肥嘟嘟的猪肉挤在一起，往外冒着黑油，快要从"案板"上掉下来。菊花，今天晚上有个日本大客户来公司洽谈业务，咱们请他吃饭，你也去见识见识一下，开开眼界。

灯火迷离，觥筹交错。日本人冈田三郎长得倒是挺英俊潇洒的，只是一对小三角眼透露出生意人的精明和狡黠来。他说着一口非常流利的中文，冈田三郎不断地要菊花喝酒。菊花推辞道，对不起，先生，我不会喝酒，我有胃病。有胃病，有胃病也要喝！菊花小姐要是不肯赏脸的话，那这笔单我就不签了，我看你喝不喝！冈田三郎生气了，将酒杯重重地放在桌上。

法国老板路易丝见状，他用脚在桌子底下狠狠地踢了踢菊花，不停地向菊花使着眼色。路易丝赔着笑脸，小心翼翼地说道，这丫头是我新聘请来的，她不懂规矩，您大人不计小人过，还请多多包涵，我以后一定好好调教她。菊花，你还不快点给冈田三郎先生赔礼道歉。

菊花没有办法，为了保住这份来之不易的工作，她只好端起酒杯，频频地喝着红酒与他们碰杯。喝着喝着，菊花只觉得天眩眩，地昏昏。不好，菊花心底暗暗叫道，身子像一摊烂泥倒了下来。酒绿灯红中，有一只白嫩嫩的手在菊花眼前晃来晃去。

等菊花醒来，身边躺着光溜溜的冈田三郎。你，畜生，王八蛋，滚开。喂，我说我的中国小甜心，别生气嘛，你的老板亲自把你奉献给了我。我有的是钱，对于美人儿，尤其是听话的美人儿，我更是怜香惜玉，更是舍得下大本钱。来，伸出你的小手来，让我来摸一摸。他从床底摸出一沓厚厚的100元面额的钞票来，在菊花面前，晃了晃。

美人儿，小甜心，你要是听话，包你有享不完的荣华富贵。说完，冈田三郎便将臭烘烘的嘴巴凑了上来，啪的一声，菊花使出全身力气，一记耳光打了过去。哟，美人儿还有这么大的劲，女中豪杰，再打，再打，你打得越重，我就越舒服，舒服极了……

你……东洋鬼子，倭……寇……畜生。菊花哭着跑出门，回到公司的宿舍，蹲在洗手间里，用冷水拼命地冲洗着身上的污秽。菊花收拾好行李，怀里揣着一把明晃晃的尖刀，直上老板的办公室。偏偏不凑巧，这狗东西出差了。于是，菊花又在宿舍里等了一天。

第二天，老板终于回来了。菊花破门而入，张嘴就嚷，你别拿中国人不当回事，今天，我要把你和那个日本人送到公安局去，这份工作我也不要了。老板依然笑意盈盈，嘴里嚼着腥红的台湾槟榔，满腔的污血，像个猴子屁股。菊花想不到法国人也爱吃这玩意儿，他慢条斯理地说，我的中国小姑娘，都什么年代了，还这么在乎这玩意儿？女人嘛，给谁还不是一样给。那个日本人也给足了你钱，也巩固了我公司与他公司的合作关系，两全其美的好事儿，何乐而不为呢？你可要知道，他是我公司的大客户，是公司的上帝，你敢得罪上帝吗？还不是想着法子让他乐一乐，这样，白花花的银子才能滚进公司的腰包。再说啦，你要是觉得亏了，我升你做销售部经理，作为补偿，月薪 5000 元，怎么样？中国小姑娘。

菊花把牙齿咬得咯崩咯崩响。狗杂种，谁稀罕你这些荣华富贵，今天，我就是破了这张脸，也要把你送到公安局去。行，你有种，我就欣赏这种有骨气的中国人。不过，女人的骨头再硬也硬不过男人。你先别着急，先看看这个再说。说完，路易丝拿出一叠照片在菊花的面前晃了晃。菊花一看，竟然是自己与那个日本人的裸体照。中国姑娘，想与我玩，你还嫩了点，还得在娘胎里多修几个轮回。中国小姑娘，别敬酒不吃吃罚酒，有了这些照片，你和日本人都牢牢地控制在我手里。你有本事就去告呀，告完了，你的玉照也就全世界飞了。

你，王八蛋，把照片还给我，要不，我杀了你。菊花从怀里掏出尖刀来，猛地扑上前去。这一招可吓煞了老板。他连连摆手，好说，好说，只要你放手，我就给你。这时，公司的保安都围了上来，但没有一个人敢上前来。他乖乖地把所有的照片连同底片都交了出来。菊花一手执刀，一边点火烧照片，以防照片被人夺走。

出了公司门，菊花迅速地报了警。老板和那个日本人都被"请"进了公安局。无数的人在菊花背后指指点点，有吐唾液的，也有拍手称快的。总之，这座城市待不下去了。

菊花又一次因裸照风波离开了这座伤心欲绝的城市。

菊花来到 F 城，在一家电子厂管出货。在外面晃荡了这么久，累了，倦了。菊花真想找回顺子那温暖厚实的肩膀靠一靠。从此，男耕女织，相夫教子，平平淡淡地过完这一生，简单、真实、清淡、幸福。可是，菊花她知道自己彻底失去了他，再也回不去了。

歌迷梦婉对顺子一往情深，一直对他穷追不舍，可顺子还在焦急地等待着菊花。

一晃5年过去了，依旧没有菊花的任何音讯。梦婉对顺子说，顺子哥，你已经等了她5年了，已经够意思了，人生能有几个5年？不如你先和我处处对象，就处两年，如果两年之后，菊花还没有出现，我就嫁给你，好吗？此时的顺子已是憔悴不堪，面对痴情的梦婉，他默默地点了点头。

梦婉高兴地跳起来，一把搂住顺子的脖子打吊吊，在他的脸蛋上狠命地啃起来，顺子胡子拉碴的脸扎痛了她的嫩脸蛋，她的心里甜蜜蜜的，她放下顺子，找到一把刮胡刀，细心地给顺子刮着胡子，直刮得顺子素面朝天。那一刻，顺子还有真有些感动了。

而此时的菊花已下定决心，不能再见到顺子，她咬了咬牙，告诉自己，要彻底地忘掉顺子，那就要把自己成功地嫁出去。

这时，张伟闯入菊花情感的驿地，他是一个心理学医生。菊花对他说，她有先天性的缺陷，不能生孩子了。没想到张伟说他也是，两人一拍即合。

像无数对普通的恋人一样，菊花和张伟的爱在生根发芽，开花结果。相恋一年后，菊花便和他结了婚，终于给流浪的生涯安了一个宁静的家，也让她死下心来忘记顺子。

爱，就这么抬脚轻轻一迈，便跨进了婚姻的围城。两个曾经沧海的人，就像两只受伤的刺猬，躲在异乡城市的屋檐下，互相偎依取暖。披上婚纱的那一刻，不知为什么，菊花忽然泪下，她觉得自己并不是世上幸福的女人，也许自己心底还爱恋着那个叫顺子的男人。

婚后，工作的压力和诸多因素使菊花的睡眠质量很差。于是，身为心理学医生的张伟，便自告奋勇地说，他能用催眠术帮助她入睡，保证让菊花睡得香甜。就这样，每天菊花都枕着他的催眠术安然入睡。她为自己嫁了一个如此细心体贴的丈夫而感到骄傲自豪。

有一天，张伟神经兮兮地问菊花，你是不是有什么历史瞒着我，能和我谈一谈你过去的情感史吗？

菊花说，没有，就是一页白纸，后来被你给写上了。没有!? 那你的初夜给了谁？你，你……我不是说我有先天性的缺陷吗？当然没那东西了……菊花扑倒在床上大哭一场，张伟也就没吭声了。

眨眼便是一年，菊花感到身子骨越来越差，浑身乏力。菊花瞒着张伟到医院检查。医生是个慈眉善目的中年女人，她若有所思地对菊花说，姑娘，你最近是不是在服用什么药物？菊花说，没有呀，我的身体一向很健康，没有服用什么药物。那就好，服用有些药物，对身体是有影响的。

又过了几个月，菊花感觉身体越来越差，她再一次去医院复检。医生非常严肃地告诉她，姑娘，由于你长期地服用精神药物，药物内有毒的物质在你体内长期积淀，导致你的身体越来越差。什么?! 精神药物。不可能?! 医生，我从来没有服过什么精神药物，从来没有……

你是相信医学还是相信你自己？菊花百思不得其解，自己怎么就不知道呢，难道是张伟注射的?!

回到家，菊花把检验单重重地摔在桌上。张伟，你今天给我说清楚，你究竟在我身上下了些什么精神药物，致使我的身体越来越差。什么，我，我……没——下什……么……药，我只是在使用催眠术时，辅助地加了些精神药物。这样，催眠术才能起到作用，你才能睡得香甜，我是在改善你的睡眠质量。张伟擦了擦额头的大汗，故作轻松道。

你，你，你下了大剂量的精神药物，这是医生说的。你，你竟敢害你的妻子，你说，你究竟想把我怎样，你不说出真相来，明天，我就跟你离婚，你这个禽兽都不如的家伙，明知我的身子骨很弱，还这样对待我，我当初真是瞎了眼……我前世造了什么孽，后世要这样惩罚我……

在菊花的一再威逼下，张伟终于说出了真相，他点燃一支香烟，沉重地讲述起这件事的来龙去脉。

张伟对菊花说，自从新婚之夜，我发现了你的秘密，我心里就一直耿耿于怀。但我又不便明说，只好通过催眠术，来了解你的过去。我使用的这种催眠术，再加上辅助的精神药物，能使人在睡眠状态下对旁人所提出的问题真实地回答出来。但是，你自己并不知道这些，等你醒过来，你不会记得晚上所发生的事情。于是，就这样，我把你过去的一点一滴都"套"了出来，原来你在娱乐城工作时，是被人下了药，而且被破了身子的，而且你还有一个很爱你你也很爱他的顺子。菊花，原谅我吧，你知道我这样做，也是因为太爱你啦。

你爱我？你就这样爱我？爱得自私爱得彻骨，我要离婚，你这个杀人不眨眼的混世魔王。

别，千万——别，菊花，我不能没……有你，求求你原谅我好吗？只要你不跟我……离婚，做牛做马做骆驼我都愿意……菊花……菊花……原谅我这一次吧……我再也不会这样做了。

张伟双膝跪在地上，泣不成声。菊花的心又软似一支带冰的雪糕，一半是热，一半是冷。唉，谁叫他是她的丈夫呢！算了吧！原谅他一次吧！

菊花对这段婚烟开始心灰意懒，又急又气，日子久了，菊花学会了借酒消愁，却是愁更愁。

一天晚上，已经是 12 点，菊花在酒吧里喝得醉醺醺的，不知不觉倒在桌子上睡着了。菊花梦见自己从商场里回来，准备坐着自家的小车回去。一上车便发现轮胎爆了。正在发愁时，走过一位戴着眼镜斯斯文文的年轻男子，他手里提着一个黑色的公文包。小姐，需要我帮忙吗？你这里还有后备的轮胎吗？我给你换一个。

遇上这样的热心肠人，菊花激动得直点头。轮胎很快就换好了，年轻男子说，其实我帮你也是有目的的，我想让你把我捎到前面的东方大厦，不知小姐顺不顺路，肯不肯帮这个忙。

菊花不好推辞，让年轻男人上了车，只见他娴熟地打开车尾的门，把公文包放了进去，就像上自家的车一样轻松自如。菊花突然觉得这件事来得蹊跷。菊花迅速地拔下车钥匙，冲着男子笑了笑，对不起，我忘了有件东西还没买，你稍等一下好吗？

菊花下了车，向商场门口的保安飞奔而去，讲述了这一幕。保安围了上来，打开车门一看，那个年轻的男子不见了，但那只公文包还在车尾箱。公文包没有锁，打开一看，菊花吓得魂飞魄散，竟然是一把寒光闪闪的大斧头，一捆绳索，胶布，毛巾，刀子，还有一包白色的粉末。菊花吓得腿都麻酥麻酥的，正欲叫出声来。

忽然菊花感觉有人在推她，菊花从噩梦中惊醒过来，她浑身湿淋淋的，像从河里捞上的鱼。小姐，现在已经是1点钟了，我们店要关门了，请您回家吧！实在不好意思，欢迎您明天再次光临。路上多加小心，这一带治安不好，那些坏人专门袭击单身女性，有钱的劫钱，没钱的劫色，还有的歹徒既劫钱又劫色的。

菊花恍恍惚惚地从酒吧里回来，一路上战战兢兢，不停地呕吐，五脏六腑都是酒水。菊花的脑子里还不断地浮现出梦中的镜头，一对双眼皮跳得非常厉害，今晚该不会出什么事吧!？走到一处幽暗的地方时，忽然，菊花听到窸窸窣窣的声音，从树林里真真切切地传了出来。不好，惨了，遇上坏人啦。菊花刚一回头，从林子旁蹿出几个蒙面大汉来，他们都没有说话，一把捂住菊花的嘴巴，堵上毛巾，然后蒙上眼睛，把菊花拖到一辆车里。

看来梦是有预兆的。菊花害怕极了，眉毛尖上直冒火丝。不知道他们究竟想对她怎样，菊花包里的钱并不多，他们完全可以拿了钱就放人。菊花想，他们要把我带到哪里去呢？他们会不会玷污我？菊花越想越急，急中生智，想出一个让自己冷静的办法，那就是数数。菊花从一开始数数，一、二、三、四，菊花在心底默默地数着，这样自己的心情稍微平静一点。数呀数，菊花一直数到800多个数，车才停了下来。

他们把菊花拖下车，风冷飕飕的，菊花感觉是到了郊外。难道他们要把她扔在野外喂狗？平时，她可没有得罪什么人呀！恍惚中，他们拖着菊花上了楼，走了一阵子。菊花听到有人轻轻地说，到顶了。这时，菊花假装摔了一跤，偷偷地扯了扯蒙在眼睛上的布，看了外面一眼，是个苏式的四合院。他们把菊花关到一间屋子里，问了她丈夫的电话，然后开始给她丈夫打电话，索要50万元赎金，三天内筹齐，否则，撕票。

菊花被关在屋子里，一天只有少量的食物和水。她又饿又困，焦急地等待丈夫的救援。三天过去了，没有任何动静。直到第六天，一名歹徒终于给菊花松了绑，他一边解绳一边愤愤地说，没见过这么狠心肠的老公，还真不管他老婆的死活了。黑漆漆的夜里，他们拿走了菊花的包和手上的戒指，把她扔在草堆边，开车扬长而去。

第二天早上，一位路人救了菊花，把菊花送回家里。菊花以为张伟一定报了案。她跌跌撞撞，欲推开卧室的门，想给他一个意外的惊喜。忽然听到里面有女人的浪笑声。菊花侧耳倾听，伟老公，你真的不救你的老婆啦!？救她干吗，自作多情呀！一只生不出蛋的老母鸡，还有啥用处？只要她一出事，不就顺理成章地成全我们的喜事了嘛!？到时嘛，咱们美美地过上好日子。你臭美了吧，做你的白日梦吧！哈哈！嘻嘻！

门是虚掩的，菊花一脚把门踢开。是，你们是在做白日梦。她冷冷地转过脸去，对着那个"妖狐"说，一个连自己的老婆都见死不救的男人，你还敢相信他吗？自己好好掂量掂量吧！"妖狐"坐在床沿边，若有所思的样子，然后一语不发地走了。

菊花迅速地报了警，根据菊花的述说，又是四合院的顶楼，警察很快推断出大概的地理位置，很快就破了案。

菊花和张伟离了婚，那只"妖狐"也没有和他结婚。决定离婚的那天，张伟跪了下来，抱着菊花不停地摇晃着，菊花，别离开我，别离开我，在这座城市我只有你一个亲人了，你打我骂我都行，只要你不离婚……不要离婚……

菊花抬起脚，张伟的头差点磕到地板上。做你的白日梦吧，做你的孤鬼梦吧。

菊花把东西搬出来的那天，正是圣诞节，天有点冷，风呜呜地吼着，有点凄然，像哀哀叫唤的狗。走了没多久，下起倾盆大雨，翻山搅海，黑油油的柏油大道，乌沉沉的风袭卷着白辣辣的雨，一阵急过一阵，把那雨点儿挤成车轮大的团儿，在路上的车辆的灯光扫射下，像白绣球似的滚动。道路两旁的树也弯着腰缩成一团，像一团绿绣球，跟在白绣球后面不停地翻滚着。雨水捉到地面的灯光，滴溜溜地急转，银光直射尺来远，像足尖舞者银白色的舞裙。

爱如烟花，绮丽绚烂一刻，便无影无踪。

菊花离开了这座伤心欲绝的城市，她已记不清这是她第几次告别一座城市了。

第
12
章

爱着井痛着

顺子还在焦急地等待着菊花的消息，寻人启事的广告漫天飞舞着，几乎整座城市的人都知道顺子在找菊花。

两年过去了。还是没有等来菊花的任何消息，顺子终于病倒了。他整天发着高烧，迷迷糊糊地喊着菊花。渐渐地，顺子的病情越来越严重了，到后来，顺子都不能下床了，整天都卧在病床上，像一支哑声的竹笛，他的演唱生涯从此也就无声无息地结束了。

经过医生仔细的诊断，确定顺子是得了尿毒症，眼下要治好顺子，只有通过换肾手术，才能挽回顺子的生命。

顺子听到医生宣判自己的病情时，他如同五雷轰顶，惊呆了，他一个从小在田地里摸爬滚打的硬汉子，平时连个小感冒都不会发作的健康体魄，这一次是真正地被病魔击倒了。

摆在顺子面前的难题是，医院的库房里没有合适顺子的肾。顺子的病情只能靠透析一天天艰难地维持着，他的肾一天天地走向衰竭，走向死亡。他原来所挣的钱也源源不断地流向医院，存折上的数目在一天天地减少着。

梦婉把顺子的病情发布到网上求助，白天她还四处奔波，为顺子征集合适的肾源，她甚至在街头跪过，胸前挂着一块牌子，详细地写着顺子的病情，不求众人捐钱，只求捐贤。

一个如花似玉的姑娘眨眼间似乎苍老了十多岁。每天回来，梦婉就倚在顺子的床边，还没说上几句话，就昏昏沉沉地睡着了，顺子的心揪痛着，但是他也无可奈何着，心里干着急。

半个月过去了，医院那边、梦婉这边还是没有筹到肾。梦婉有一天突发奇想，怎么不在自己的身上试试呢，也许自己的肾适合顺子的身体。

梦婉让医生仔细做了检查，分析。最后，医生摇摇头说，不行，不适合配给顺子。梦婉彻底地绝望了，时光在顺子的体内一分一秒地倒流着，死神一步一步地逼近顺子。梦婉的头发开始大把大把地掉下来。

苍天有眼，终于有人在梦婉的电子邮箱里留话了，那个人不愿意透露姓名，他说他在网上，看到了顺子的病历和对肾源的要求，他觉得自己应该适合顺子。

梦婉和那个男人在医院里见了面，经过医生一番仔细的检查。还真如那个男人所料，那个男人的肾完全合符顺子的要求。

梦婉问那个男人，你愿意把自己一只肾捐出来，你有什么条件，我尽量满足你。

男人说，我现在很缺钱用，我的爱人得了子宫癌，没有钱给她治病，我不能眼睁睁地看着她死。医生诊断她的子宫癌还是早期的，只要我现在筹到钱，我就可以救回她的生命。姑娘，你想救你的男朋友，我想救回我的老婆，这样做两全其美，这样吧，我只想要50万元。50万元，要是完全治好我老婆的病后，还能剩下钱的话，我愿意把钱再返回给你们，但我现在急需要用钱，我爱人的病一天都不能等了，你男朋友的病也不能再拖了，咱们开始动手术吧。动完手术后，你给我50万元。

好的，我会给你的，梦婉默默地点了点头。她查了顺子银行卡里的数目，卡里还有 60 万元，刚好够他换肾。

手术在有条不紊地进行着，顺子的手术做得非常成功，换肾后，他体内没有出现任何异体相排斥的现象。

手术一结束，梦婉立马给了那个男人 50 万元，卡上余下的 10 万元，她留给顺子手术后调理身子用。

顺子的身体一天天地康复起来，梦婉床前床后精心地照料着他，端屎端尿，送饭送菜，嘘寒问暖。半年后，顺子的身体终于完全康复了，能像个正常人一样地生活了。

在这次病情中，顺子一瞬间从富翁又变成了一个穷光蛋。顺子愧疚地对梦婉说，真对不起，让你受劳累受委屈了，这辈子的情我都欠你的。

欠啥呀，我只是一心一意地爱着你，其他的什么我都不要求。要是菊花出现在你面前，你愿意娶她的话，我还是愿意尊重你的意见。总之，我希望你过得幸福，过得无忧无虑。

顺子紧紧地把梦婉抱在怀里，他第一次认认真真地亲吻了梦婉，便再也不肯松手了。仿佛他一松手，梦婉就会从他身边消失似的。

半年后，梦婉有一天无意中路过殡仪馆时，她忽然看到了那个捐肾的男人，只见他泪流满面地抱着一个女人的身体，一边哭着，老婆，你的命好苦呀，我换了一只肾都没能救回你，我有愧呀。老婆，我也不想活了，我要跟你一起走……我要跟你一起走……

梦婉的心里咯噔一下往下沉，沉入万丈深渊，她一下子明白了，这个男人的老婆没能救回来。

殡仪馆的工作人员从男人的手里要女人的尸体，要把她拉进去火化。男人紧紧地抱着他的女人，死死不肯放手，工作人员看到这一幕，都不由自主地流下泪来。有人劝道，人死不能复生，还是先火化为安吧。男人还是不肯放手，他一边哭着，一边说，把我一起拉进去火化吧。工作人员拉锯式地拉扯着，终于把他老婆与他分离开来。

趁着工作人员不注意，梦婉只见男人迅速拿出一个小药瓶，就往嘴里倒。梦婉大叫一声，不好，他在服毒，她连忙撒开腿，向那个男人奔去，一边大声地喊着，快救命呀，他在服毒，救命呀……救命呀……

工作人员手忙脚乱地放下男人的老婆，向他奔了过来，男人已开始口吐白沫。工作人员火急火燎地把他抬上车，向医院飞奔而去。梦婉叫了一部车，在后面紧紧地跟着。车到了医院门口，人们把男人抬下车一看，男人已经断气了，脸上挂着平静从容的笑，欣慰的笑，毫无痛苦之感，那是梦婉第一次看到如此从容镇定的笑。

梦婉的泪无声无息地流了下来，她为他们真挚的爱情而流泪，为顺子的幸运而流泪。

在等待两年后，仍然没有菊花的任何消息。顺子毅然决定与梦婉结婚。两人准备在元旦节时举行隆重的婚礼。梦婉高兴地忙上忙下，准备着婚礼，各大媒体和记者都报道了他们的婚讯，整座城市闹得沸沸扬扬。

新婚之夜，梦婉躺在顺子宽阔的怀抱里说，顺子，有件事我要向你坦白，我不想欺骗你，否则我的良心会得不到安宁的，其实我从小也是一个苦命的孩子，我已不再冰清玉洁。梦婉用平静的语气向顺子讲述了小时候那难忘的一幕幕……

梦婉10岁那年，亲生父亲就去世了，从此，生活过得非常艰辛，母亲没有工作，失去了父亲，便等于失去了经济支柱。母亲为了梦婉能有一个好的生活、学习环境，就再婚了，嫁了个做生意的男人。梦婉的继父叫杨不再。继父对梦婉不冷不热的，表面上也还过得去。

结婚两年后，母亲怀上了继父的孩子，在医院里检查，是个男孩，母亲和杨不再都很高兴。母亲说，梦婉，给你生个小弟弟做伴，这样，你不会孤单了。

听到这个消息后，梦婉惊呆了，痛苦不堪。怎么办？她可不想再有个小弟弟，来争她的口粮夺她的母爱，母亲要是生下小弟弟，继父对自己的态度就会更差了，自己在这个家就更没有地位了，这以后的日子还怎么过呀！不行，一定不能让这个孩子出生，要干掉他。梦婉恨恨地想，把牙齿咬得咯吱咯吱的。

梦婉想呀想呀，终于想出了一个好办法，不禁兴奋得像只老鼠吱呀吱呀地叫唤起来。

那是一个晴朗的下午，梦婉躺在床上，开始还只是哼唧哼唧地叫，后来就干脆哎哟哎哟地大叫起来。母亲急了，忙问：婉儿，咋的啦？肚子疼，梦婉边喊边在床上打滚。母亲不由分说地背起梦婉，急急忙忙往村里的卫生院走去。走到一个斜坡道上，梦婉佯装痛得厉害，在母亲的背上拳打脚踢，要死要活的，欲将母亲整个人儿掀翻在地。

母亲一个趔趄，整个身子就像只椭圆形的西瓜，骨碌碌地滚下去，梦婉跟着母亲翻倒在地上。婉儿，摔着了没有，疼不疼，母亲挣扎着从地上爬起来，欲将梦婉扶起来。

突然母亲尖叫一声，血从母亲的身下汩汩地流出来，染红了她的白裤子。李大妈两口子正好路过，手忙脚乱地把她抬到医院。医生一脸严肃地告诉母亲：孩子流产了，这辈子你再也别想怀上孩子了。母亲躺在床上，一动不动，眼珠死死地盯着天花板，裤子上全是鲜血。妈，你打我吧！梦婉说。母亲还是不理她，像死了似的。

继父杨不再闻讯赶来，呆若木鸡地站在床前。沉默许久，杨不再伸出铁掌般的大手，清脆利落的一声，在梦婉的脸上烙下了五个鲜红的指印，打得梦婉久久回不过神来。

那一刻，梦婉觉得母亲很苍老很苍老，那是她一生永远难以弥补的痛。

从那以后，杨不再对梦婉的态度更恶劣了，一天到晚，他都用仇恨的眼光盯着梦婉，那目光像是要将她的五脏六腑撕裂。梦婉的心中渐渐地升起一丝丝愧疚。毕竟，继父以前对她还算过得去。吃穿住用、上学，用的全部是杨不再的钱。

可梦婉万万没有想到，杨不再用一种极其毒辣的方式来报复她，发泄他心中的愤怒与仇恨，给她留下了一生的痛。

那是一个阴暗的雨天。一大早，梦婉的母亲就出门，说想去她姐姐那儿散散心。家中只留下梦婉和继父两人。梦婉坐在书桌旁写作业，继父推门而进，手里拿着一杯热茶。梦婉，这么用功学习，别累坏了身体，我刚给你冲了杯热茶，把它喝了，提提神。望着这突如其来的温暖，这久违的父爱，是以前从未有过的。

梦婉有点感激地望着继父。接过来，正想喝下去，忽然觉得有点不对劲，继父的脸上红润红润的，呼吸有点急促，眼睛里跳跃着欲望的火花。梦婉一时窘了，放下杯子，心里忐忑不安。她故作轻松地说：好，做完这点作业就喝。喝，趁热喝，说完将杯子递向梦婉嘴边。他越是殷勤，梦婉就越起疑心。心生一计，梦婉假装推让，那杯茶泼洒在地上。继父露出狰狞的面孔来，嘴里叫嚷着：这么一根鲜嫩的黄瓜，闲在藤上岂不是太可惜？当年，你让我失去了孩子。今天，我就要让你失去你最宝贵的贞操。这个世上的事情，就是一物还一物，一债抵一债。

杨不再从后面紧紧地抱住梦婉，跛了的腿像施了魔法，夹得梦婉不能动弹。梦婉就像他手里的一条鱼，做着垂死的挣扎，只听到头嗡的一声，杨不再拿出一块石头，重重地砸在梦婉的脑袋上，像石头掷入湖中的声音，梦婉什么都不知道了。

醒来后，看着床上那一摊黑色的血，梦婉捶胸顿足，恨不得马上杀了这个老家伙。但她忍住了，梦婉不想让苦难的母亲知道女儿所遭受的这一切。母亲太累了、太苦了，梦婉再也不忍心母亲雪上加霜。晚上，母亲回来了，梦婉强颜欢笑，装作什么事也没有发生。

梦婉来南方后，她很少回去了，她不愿意再见到继父，可是她非常思念她的母亲。

梦婉平静地讲完这一切，问顺子，我已不再清白，你还会嫌弃我吗，顺子?

顺子搂住梦婉说道，我不会的，我会永远地疼你、呵护你，永远保护你，以后谁也不能损坏你的一根毫毛。

红烛摇曳，烛光下的梦婉的脸是红红的，眉眼都是浮面的，不打扮也像是描眉画眼。梦婉的眼睛美丽恬静，像希腊石像纯净的眼睛，眼角弯弯地，撇出浅浅的鱼尾纹来。梦婉的嘴撮得小小的，一瓣一瓣的。

顺子轻轻地抚摸着梦婉幼小的不发达的乳，尖尖的，握在手心里像睡熟的小鸟，散发着少女般的青春气息，像有着它自己的微微跳动的心脏，尖尖的喙，像只白鸽，轻轻地啄着他的手，硬的，却又是酥软的，酥软的是顺子自己的手心。梦婉潮湿的手心，放在顺子的背部，细细地摩挲着，滚烫着他的心。

梦婉在顺子的怀抱里羞涩幸福地笑了，她做了世界上最美丽最动人最贤淑最可爱的新娘……

菊花独自一人躺在冰冷的房间里，整个房间就像一台冰箱。

潇潇的雨夜，风从冰冻的时空里缓缓地蹿出来，木门咯吱咯吱作响，院落里的树叶噼啪噼啪，仿佛是梦见了它们自己从前的叶子，像石子一块一块砸在菊花的心坎上，血肉模糊。呜呜风声，缕缕入耳，似饿极了的婴儿，低声哭泣；又像守寡的老妇人，响彻在深夜的幽怨声，真真切切。睡眠中，菊花梦见自己做了新娘，高堂上摆着红烛，它燃尽了，滴下的泪晶斑斑驳驳地趴在桌上，拼成了鲜红的花儿朵朵，煞是好看，横看直看，是由多个"喜"字拼成的花盘。新郎顺子胸前别着大红花，深情款款地向菊花走过来，礼炮轰鸣。菊花在祝福的目光下，戴上戒指，与顺子手挽着手，缓缓走向幸福的一端，拜高堂，入洞房……

第
13
章

顺子结婚了

菊花很偶然地从网络上看到了顺子盛大的婚礼。新娘穿着洁白的婚纱，像一个翩翩起舞的小天使，她幸福地偎依在顺子的怀抱里。顺子也美满地笑着，真心的笑容在他眼里静静地流露出来。

乐队开始奏起了结婚进行曲，顺子穿着一身笔挺的黑色西装，像云霞里慢慢飞着的燕子的黑影，白色新娘半闭着眼，脸生得宽柔秀丽，端庄大方，有一种夺目的光芒。

人们欢呼着、呐喊着，把红绿纸屑撒在新娘和新郎身上，后面的人抛了前面的人一身的纸屑。彩纸一排湖绿、一排粉红、一排大红，一排排地波动着，使人感到头晕目眩，仿佛结婚的喜悦感也是小片小片的。

现场一片欢呼的海洋，一片鲜花的海洋，一路都是华美的摇摆，看热闹的人和新郎新娘合为一体了，大家都被一种广大的喜悦所震慑，心里摇摇欲坠起来。

看到这里时，菊花开始笑起来，可是笑得有点心神不定，她不知道自己应当不应当笑，可是那笑声却是最响亮的，到最后就是哭声了。

菊花还给顺子的那只翠绿的镯子，此时正戴在新娘手上，顺子的手上也戴了一只镯子，那苍翠的光芒直刺得菊花睁不开眼来，眼前绿茫茫的一片。

那一刻，菊花的世界塌了下来，她心里尽管很希望顺子结婚，可是当她亲眼目睹顺子搂着梦婉的幸福情景，她禁不住地在心里恨恨地骂道，这天下的男人都是喝忘情水长大的，来得快来得迅猛，也忘得快，一旦从感情的泥潭里爬出来，立即把以往的恩情忘得一干二净。

另一个声音在耳边响起，谁叫你躲着不见他，谁叫你后来又稀里糊涂地爱上了雨辰，稀里糊涂地结了婚，活该，你怨谁呀？

顺子牵着那个女孩子纤细如玉般的小手，在庄严神圣的婚礼进行曲中，新娘深情款款地凝望着顺子，一步一步地走向教堂。鲜花撒在他们的身上，他们俩就像一幅春天绚丽的图画。

菊花在那一刻突然感到欣慰起来，她想，也许这个女孩子才能真正配得上今日风光的顺子，才能给顺子一个幸福美满的婚姻。

突然，菊花的心又乱糟糟起来，她扯着自己的头发，居然发现一大把一大把的头发掉了下来。她心里涌上一种深沉的悲哀，她恼怒地关掉视频，屋子里冷极了，像从夏天的炎热里突然掉到冬天的冰窖里。

菊花红胀着眼睛，嘴里吸溜吸溜地发出年老寒冷的声音，整个世界就像是用湿抹布擦过似的。墙壁上的挂钟滴答滴答，一分一秒，将菊花的时间划分成一小方格一小方格，每一方格都不属于她。远远地似乎听到动物的叫声，微微弱弱的一两声，仿佛几千里地都荒无人烟。

菊花感到一阵温柔的疼痛，她站在镜子前面，看到自己一张面目模糊、晦暗酱黄的脸，镜子中的自己像是无意中拍进去的一个冤鬼的影子。

对着镜子，她觉得痒痒地有个小东西落到她眼睛里，菊花以为是泪珠，她把手伸进去揩抹，原来是只扑灯的小青虫。菊花凑到镜子跟前，几乎把脸贴在镜子上，一片无垠的团白的腮颊，自己看着自己，没有表情——她的伤悲是对自己也说不清的。两道眉毛紧紧皱着，永远皱着，表示的只是"痛心、痛心"！而不是伤悲。

顺子从此便真正地从菊花的视野消失了。

第
14
章

第二次婚姻

菊花来到了海口，这里的阳光灼热，海水温凉。菊花想让阳光将往事燃烧成灰烬，让海水褪尽内心的苍凉。

在这里，菊花有了第二次婚姻。因为自己有过婚史，又不能生孩子，不得不降低婚姻的门槛。在寂寞空虚、心理生理双重的煎熬下，菊花嫁给了一个名叫何家诚的男人，他是东越服装厂的经理，曾有过一次婚姻，并且还留有一个 10 岁的女儿菲菲。

一进他家门，菊花视菲菲为亲生女儿，不停地给她讲故事、笑话，嘘寒问暖。她要什么菊花就给什么。

都说后妈难当，这话简直就是真理。菊花就是把心把肝把肺血淋淋地掏出来给她，这个古怪的小家伙一点都不领她的情。从早到晚都沉默寡言，也不愿跟同龄人玩，像只焖芋头，弄得你焦头烂额，不知从何处下手。菊花他们请了家庭教师、年轻的保姆，可是都逗不动她。他父亲急了，带菲菲去看心理医生，医生说她得了自闭症，需要与自己最亲密的亲人来沟通、调治。

一天，家诚亲自带回来了一个保姆，说是从劳务市场招来的，她叫阳丽。这个女人从第一天进门起就怪兮兮的。晚上，她就径直朝主卧室走去。菊花轻轻地说，对不起，那边才是你的房间，这边是我们的主卧室。哦，不好意思，我有点习惯了。菊花听得一头雾水，这人说话太怪了，刚来第一天，就说有点习惯了，还真有点摸不着头脑。

第二天晚上，嘿，阳丽竟然毫不客气地取下阳台上的新睡衣，那可是菊花刚买的，还没穿一次哩！冲完凉，阳丽就穿着菊花的睡衣在客厅里晃来晃去。菊花上前指责她，你怎么可以穿主人的衣服，连问都不问我一声？阳丽竟然面不改色心不跳，我远道而来，没有带多少衣服，先借你的衣服穿穿都不行吗？俨然一副女主人高高在上的姿态，菊花反倒成了她的保姆。

这世道真是反了，这边的气还没消停，家诚又在旁边数落菊花啦，不就是一件睡衣嘛，有什么了不起的，她刚来，没什么衣服，借给她穿几天，又少不了什么。你怎么变得这么小家子气，你要睡衣，我明天给你买一百件。什么，你不护着你的老婆，却护着一个保姆，你吃错药了？你……你一言我一语大吵起来。

说来也怪，菲菲跟阳丽特亲，在她面前有说有笑，像一对母女般的亲热，天天黏着她，倒把菊花视作局外人。家诚见此，非常高兴，许多家务活都叫菊花给干了。有时菊花也忍不住抱怨几句，我们是请来保姆，又不是请家庭教师。你说那么多干吗，多干点活又不会累死人。再说，你又带不好孩子，把她带成哑巴一样，那你就没资格说长说短的，你们女人就是嘴多，头发长见识短。

两人又是大吵一场，吵得菊花筋疲力尽。

阳丽似乎觉察到家诚对她特殊的关爱，更是神采飞扬、得意扬扬，根本就不把菊花这个女主人放在眼里，对家诚也显得格外亲热。有时，菊花正在做着家务，她坐在沙发上，和家诚谈笑风生，菲菲在她怀里撒着娇，反而他们像是一家人，菊花倒像是他们家的保姆一样，直看得菊花双目喷火。女性的直觉和敏感让菊花有了一种不祥之感。菊花想，不行，我得设法赶走她，以免她的家庭出现情感危机。

于是，有一次，菊花故意当着阳丽的面，在桌子上随手放了1000元钱，等待着她上钩。果然，阳丽是个见钱眼开的小女人。那天家诚正在出差，菊花出了门，带上相机，躲在外面的角落里，用相机拍下她的一举一动。阳丽朝外张望，见没有人，飞快地向桌子走去，将桌上的那1000元放进自己的袋子里，正准备回她的房间。菊花大叫一声，抓贼。阳丽像被烙铁烫过似的缩回了手。菊花怒发冲冠，阳丽，想不到你竟然是个小偷，明天，你就给我滚，滚得越远越好，永远也不要让我看到你。

菊花为自己找了这样一个圆满的理由而沾沾自喜。家诚回来后，她把相片给他看了。他黑着包公脸，什么也没说。阳丽被赶出了家门。

没多久，菲菲病了。为了顾及家诚的面子，讨好这个活祖宗。菊花不得不放下架子，问阳丽，菲菲平时最爱吃什么菜，我做给她吃。阳丽回答说，菲菲最喜欢吃牛肉。于是菊花炒了牛肉片给菲菲吃。吃完肉的第二天，菲菲的病情却更严重了，上吐下泻的。医生问菊花给她吃了什么东西。

菊花说，喂了牛肉，给她补充营养。医生说这种病是不能吃牛肉的。家诚一听，火冒三丈，扬手便是一记耳光，叫你带她又带不好，生了病你还将她往死里整，你存心毁掉这个家是不是？我怎么知道这种病是不能吃牛肉的，那个保姆说她最喜欢吃牛肉，我还不是想好好地照顾她，给她增强营养，补补身子……又是一次雷鸣般的争吵。那一时刻，菊花真的觉得累极了，当后妈的滋味太难受了，菊花的肠子都悔青了、悔烂了。为了自己的脸面，菊花不得不忍泪吞声，坚持到崩溃的那一刻。

菲菲出院的第二天，那个女人又进了菊花的家门。菊花正纳闷着，家诚说，孩子还小，病情又不太稳定，让她再带上一阵子，等孩子恢复过来再说。这一次，菊花不吵不闹了，心里空空落落。凉透了，情也死了，无爱也无恨。

菊花郁闷地坐在阳台上，火辣辣的太阳照在她的身上，她像一尊雕像一动也不动，家诚走过来愕然叫道："那么热的太阳晒在身上，觉不觉得？这日子越过越糊涂了，索兴连冷热都不知道了！还不赶快回屋！"菊花懒得搭理他，她昏昏沉沉地将额角靠在椅子上，很久很久，菊花的额上满是凹凸不平的痕迹。

夜晚，菊花在楼上听到阳丽在窃窃私语，菊花那女人，对菲菲非常不好，还经常打菲菲，明明知道那种病不能吃牛肉，却还要喂牛肉给她吃，这不是明摆着虐待孩子吗？这种女人，家诚，你还是要防着点。什么，阳丽她也亲亲热热地叫家诚，她有什么资格？此时，菊花感觉到这个女人跟家诚的关系不一般，但她又抓不到实际的证据，只好一忍再忍。

菊花走出阳台，想透口气。忽然听到菲菲稚嫩的声音叫着阳丽，妈妈，妈妈。什么，叫妈妈？那一刻，菊花不亚于一颗地雷在耳边爆炸。原来，阳丽竟然是他的前妻，他们旧情复发了。两个女人居然同住一室，共享一个老公，这不是天大的笑话和致命般的耻辱吗？菊花只觉得自己赤裸裸地暴露在众人的面前，遭到万人的欺凌践踏。他们撕掉了她做人的最后一点自尊。那一刻，菊花真想一刀捅死他们，然后点一把火，自焚自尽，落了一片白茫茫的大地真是干净。

菊花踉踉跄跄地冲下楼去，沙发上已不见他们俩。她推开主卧室的门，眼前那一幕令菊花惊呆了。阳丽穿着低胸的睡衣，抱住家诚，白花花的一片。家诚正半推半就地挣开她的手。

菊花头昏眼花，面前有蜜蜂在嗡嗡嗡地叫个不停。不要脸的婊子，竟然与我老公通奸。家诚，你今天给我说清楚，为了你那个菲菲，我付出了多少心血，受了她多少气？你每时每刻都在护着阳丽，想跟她复婚是吧?! 你就痛痛快快地放一句话吧！我绝对不会阻挠你们。

是，没错，我来这里做保姆，就是想与家诚重归于好，这就是我来的真正目的，我们才是真正的一家子，你嘛，只不过是个局外人。阳丽从鼻子里哼了哼，不屑一顾的样子。

菊花怒道，行，我成全你们，这样神经质的家庭我是一分钟都不会待了，我快要发疯了。咱们现在就离婚，我就是一辈子单身，再也不会嫁给有孩子的家庭。你们这些变态人、畸形儿，人渣。我受够了，这一辈子的苦，在你们家我都提前受了，你们缩短了我在人间的阳寿。多行不义必自毙！你们会得到报应的。

菲菲，你今天给你爸一个答复，你说，我有没有打过你，有没有动过你一根毫毛？菲菲用挑衅的目光望着菊花，既不摇头也不点头，却一蹦一跳地扑到阳丽的怀抱里。这个狼心狗肺的小东西，为她付出那么多的心血，还不如去喂一条野狗，喂饱了狗，狗还会向主人摇尾巴哩。

阳丽得意扬扬地抱着菲菲。想不到，我的乖女儿最关键的时候还是帮了我。那一刻，菊花崩溃了，她恨不得用炸药炸掉这座坟场般的房子。

快刀斩乱麻，第二天，菊花和家诚去民政局办理了离婚手续，回家收拾东西的时候。阳丽跷起二郎腿，仿佛她是家里的女主人似的。坐在客厅里，眼睛斜斜地看着菊花。菊花，还记得那次牛肉的事情吗？那可是我出的主意，菲菲以前就经常发这种病，医生叮嘱过我，是不能吃牛肉的。还有，我在家诚面前说你经常打菲菲，菲菲还在她父亲面前告过假状。为了挑拨你们的夫妻关系，达到我复婚的目的，我不得不采取这种高招，怎么样，昔日美丽高洁的白雪公主，认输了吧!?

这时，家诚不知从哪个角落里钻了出来，啪啪的几记耳光落在阳丽的脸上。你这条毒蛇，当年我穷困潦倒时，你跟了大款离开了我，现在你又使出毒招拆散了我们，你立马给我滚出去。

不，家诚，我爱你，我爱你，咱们原本就是一家子……阳丽抱住他的腿，摇晃着，像一条濒死的可怜虫。咱们复婚吧，看在菲菲的分上，我还是很爱你的。

你这个贱货，给我滚，滚得远远的。家诚像被蝎子咬了一口，伸出腿来，猛地踢了她一脚。阳丽在地上滚了几个回合。当初让你到我家来做保姆，是为了治好孩子的自闭症，要不然，早就叫你滚蛋了，你这样不知好歹。

两个女人都出了门。菊花回头望了望房子，家诚噙着忏悔的泪水望着她。菊花转过脸去，头也不回地走了。对于这个畸形无爱的家，菊花已无一丝一毫的留恋，他带给菊花的只有一辈子的痛楚和感伤。还有菲菲那个古怪精灵，让菊花从此对孩子有了一种莫名刻骨的仇恨和恶魔般的阴影。

家诚打来电话向菊花道歉，希望能重归于好。菊花缓缓地说，有一种爱永远也不会重来，你也不配谈"爱"这个字。

N座城市，N次告别，N种伤痛。

菊花告别了繁华的城市，也告别了永远的忧伤。

第
15
章

温柔的夜晚

菊花背着沉重的行李，从南方坐上长途客车，回老家 H 城，因车要开向另一个方向，司机便叫菊花下了车。深夜的街头，菊花孤零零的一个人，拖着笨重的行李，从临近 H 城的 K 镇下车，大街上空空荡荡，洋溢着深冬潇潇的寒意。路灯疲惫地睁着渴睡的眼，给大街增添了几分神秘的恐怖，不寒而栗。菊花在街上一边诚惶诚恐地走着，一边用有点近视的眼睛，像个贼人般，仔细搜寻着，看有没有旅馆可以住宿，找一个安全的地方过夜，待到天明再搭车走。

走了大约半小时，还没有看到一家旅馆可以住下来。菊花不由得更加恐慌起来，脑海里不断浮现出一些狰狞的镜头，平时怵人的奇闻，一齐翻涌上来，天非常冷，寒风不断播撒着寒意，因恐惧、寒冷抖索的她，像深秋瑟缩飘忽的落叶，打着寒战，漫无目的地飘忽。

菊花忽然看到前面有微亮的灯光，原来是一个警卫室，在铁路旁值夜班。她走上前去，说明她的来意，想待一夜，天明再搭车走。铁路警察是一个 50 多岁的男子，非常热情把菊花迎进了门内。因天冷，他马上拿起斧头蹲在门边劈起干木柴，放入炉子，再加上煤球，生起火来，一面不停地用扇子扇着炉门，青烟缭绕，呛得他连连咳嗽。菊花很过意不去，连连地说：不要这么客气，不要这么客气。炉火旺旺地燃起来了，外面似乎还可听到呼啸冷冽的风声，但小屋却温暖如春，熊熊的煤火在炉内，欢快地舞跃着火红的焰舌，有一种家的温暖在里面荡漾。铁路警察用炉火烧了一壶开水，他们烤着炉火，喝着滚烫的开水，天南海北地聊起来。

刚进门时，菊花的裤角边沾了些尘土，铁路警察硬是拉着她到了水龙头边，执意要帮她洗。菊花看着他俯下身子，在刺骨的冷水下，很认真地用手来回地搓洗着，不知所措。菊花低着头走进室内，他拍了拍了她后背，扯了扯褶皱的衣角，亲切地说：直起身子走路，要不然会容易驼背的。

菊花忽然感到一种没有由来的幸福和很深的感动，她半开玩笑地说：谁做您的女儿真幸福！铁路警察笑了笑，突然神情有点忧郁凄然地说：那你愿不愿意做我的干女儿呢？菊花无声地笑了，她想起自己未曾谋面的父亲。此时这名铁路警察就像是自己的父亲。

在谈话中，铁路警察不时地摸着菊花湿漉漉的裤角边，看有没有干。天渐渐亮了，因旅途坐车的劳累，菊花一面打着呵欠，一面呢喃不清地说着话。交警脱下自己的军大衣，盖在她的身上。菊花疲惫靠着椅子，昏昏入睡，此时天已微微露出白肚。菊花小睡了一会儿，便要回去了。

菊花站了起来，准备去车站搭车。突然铁路警察把菊花紧紧搂抱在怀里，寒星般的眼睛望着她，像车灯流过的痕迹，热烈且深沉，那似乎是一种灼伤，灼痛着孤怀心事，也似一个幽深的潭，令人深深的沉溺。他轻轻在菊花的耳边地说了一句：以后有什么事可以来这儿找我。

这瞬间闪电般的动作，还来不及等菊花反应过来，便已结束。菊花愕然地呆立在那儿，望着这个差不多可以做她父亲的男人，那一刹那，菊花突然愣住了，周身的血液直往上奔涌，简直是戏剧般的情景。铁路警察在菊花惊诧的目光中，似乎什么都没有发生，平静地拍了拍摩托车后座，说：上车吧，送你去车站。关上值班室的门，一路烟尘，把菊花载到车站。看着菊花上了车，然后深深地凝望了她一眼，轻轻地道了一声：我还要值早班，先走了。

铁路警察很快就消失在清晨灰茫茫的雾气中，背影有点孤单、苍老、落寞。那一刻，菊花突然很想流泪，她手里还紧紧抓着铁路警察留给她的地址和电话，还有他拥抱后未散的气息。车身远了，朦胧中竟有一种淡淡的失落，从车雾中如烟弥漫开来。若隐若现，有点真切，有点缥缈。

这本是一个寒冷的冬夜，却因一间小屋、一炉火、两个人，掀起爱的微浪，夜色温柔起来。日子过去了很久了，回到老家后，菊花给他写了一封信，信中除了些感激之类的话外，就是淡淡的家常语了，菊花没有留自己的地址和电话。看着留给她的电话号码，菊花轻轻地把它撕碎了，她不想在这纷纭的红尘中，在这个说不清的立体年代，又多出些不着边际的故事来，打扰一个人、一个家庭拥有的平静。

如水的日子也就这么淡淡的，落花般流过去了，偶尔在夜阑人静时分，菊花想起铁路警察那极淡极轻又带有点忧郁的笑容，想起那句略带伤感的淡淡的话语：做我的干女儿好吗？或许他背后有着难以言说的辛酸的故事。当某年某月某一天，某一个人，某一件事，像一双温暖的手，触摸到隐藏在内心最深处最柔软最痛楚的地方。或许那是一个很唐突的拥抱，是一种对儿女的亲情，也或许是一种说不清的感情，压抑已久，随即都会迸发的情愫。

菊花并不觉得那个拥抱对她是一种亵渎，相反，她觉得很纯洁、很神圣。像多年前就相识的老友，一次久别后的重逢，一次热烈有力的拥抱。或许，他再给菊花一个吻，她也会觉得自然得体，那是父亲对女儿的爱之吻。也或许下次经过那个小站，或在 K 镇的茫茫人海中，他已淡淡忘却，风清云淡后，彼此再相见，一种漠然陌生了。一切平淡如水，什么都不曾发生，什么都不曾拥有，许多风花雪月的故事像泡沫融合消失在城市的车雾中。

菊花后来偶然听到关于铁路警察的零零碎碎的故事，他的女人早在十多年前死于难产，孩子也夭折了，极度悲伤的他从此便再没有结婚，一个人孤零零地守在铁路战线上。突然一切都恍然，一切都释怀，浮涌上菊花心头来的是深深的悲悯。

菊花曾看到电视里一名女歌手飞扬着长长的秀发，极其哀怨，唱着一首幽深的老歌：某年某月的某一天，就像一张破碎的脸。那歌手好像是蔡琴，听着听着，菊花的泪慢慢地流了出来。

纷纭的红尘，滚滚的世事，似一片心情的海洋，起伏着各种冷暖情怀，在这片洋潮中，有谁能看得清、看得透？温柔的夜，你告诉菊花呵！

第

16

章

菊花回家了

菊花又回到自己的老家黑灯村，看着村长帮她砌的房子，房上都深深浅浅地长了杂草，像是梅雨天洗出来的，厚厚的青苔，苍翠寂寞地碧绿着。屋子里有一种清湿的气味，如同晾晒在竹竿上的衣裳。

菊花的心一酸，脑子里又浮现出王村长的话，我会对你好一辈子的，我要让你在农村里过上城里人的生活，不让自己心爱的女人受到一点点的伤痛。

菊花的肉体一天天地消瘦下去，她的脸像骨架子上绷着条白缎子，眼睛就像缎子上落了灯花，烧成两只黑黑的大洞，洞上经常蒙着清水的外壳。她的肋骨、胯骨高高地突起来了，周身都是烂醉的颜色，像一只冷而白的大白蜘蛛。

菊花突然想起一句话来，"笑，世界上便与你同声笑；哭，你便独自一个人哭"。

哀叹之余，菊花摸着自己已不再滚圆洁白的胳膊，干枯如柴的脸蛋，想，也许当初嫁给村长，日子虽然过得平淡，但是却是真实的，贴着黄土，心止如水，流年般的岁月，从指缝中静静地驶过，淡泊悠远。没有在外面的漂泊与不安，有的是一份踏实安分的爱，生儿育女，该是件多么温馨的事情呀。可是，这世上的岁月是不能回头的。

想着想着，菊花全身冒出晶莹的汗水，如同泡菜坛子里探出头的肉虫，自己看着都有点恶心自己了。

夏夜里，菊花坐在夜空里数星星，可怎么也数不清、数不清。白发苍苍的母亲在天庭上望着菊花，母亲说，我叫作金子星，永远都会发光，照耀着女儿未来的前程。

恍惚中，菊花又听到郑智化那首忧伤哀婉的歌曲《星星点灯》：多年以后一场大雨惊醒沉睡的我，突然之间都市的霓虹都不再闪烁。天边有颗模糊的星光偷偷探出了头，是你的眼神依旧在远方为我等候。星星点灯，照亮我的家门，让迷失的孩子找到来时的路；星星点灯，照亮我的前程，用一点光温暖孩子的心……

星星点灯，照亮过去，点燃未来，但永远也抚慰不了菊花往事的遗伤。

第
17
章

与香水相恋

回老家了，村子里的人很稀少，村子里的青壮年一般都出去打工了，留下的都是老人和孩子，整个村子里像一潭死水，显得死气沉沉。

春天里，菊花又看到了烂漫山野的映山红，花朵儿里的粉红略带着淡淡的黄，是鲜亮的虾子红。那灼灼的红色，一路摧枯拉朽烧下山坡去了。映山红周围，是巍巍连绵起伏的青山，青山似一片海水，海里泊着粉红色的大船，那种灼红似乎要将海水染得透红透亮。

菊花又回到胎儿时代，如同蜷缩在母亲温暖潮湿的子宫里，如同在眷恋母亲的羊水。

菊花听村里的人们讲起了玲玲，听说玲玲后来嫁给了一个老头，他是死了老婆的。玲玲做了填房，两个孩子的后妈。

玲玲的婚礼很热闹，是黑灯村里场面最热闹最壮观的婚礼。村里的老人小孩子都出了门，浩浩荡荡排成一条长龙，看个稀奇。有人啧啧称赞，有人默默不语，也有人唾沫横飞。

可就在玲玲出嫁的当天晚上，玲玲的母亲却喝农药自杀了。没有人知道她自杀的原因，她的自杀成了黑灯村里永远解不开的谜团。有人猜测是她不同意这桩婚事；有人说她是嫁走了女儿，她感到很伤心和失落；有人说是因为她的男人有了野女人，对她不好；有人说她是被恶鬼缠了身，各种版本都有。她的死成为黑灯村的人们心中永远的痛，她曾是那么那么地善良、贤惠、能干。

玲玲头天晚上做了新娘，第二天清早就接到母亲的噩耗，她急匆匆地回到了黑灯村，哭得昏天倒地，哭得肝肠寸断。她一边哭，一边说，娘呀娘，这辈子我对不起你，对不起你，我的肠子都悔青了、悔烂了。也许只有玲玲才知道她母亲的死因。

玲玲的婚姻并不幸福，老头子只对他的孩子好，一切都要求玲玲围着他的孩子转，日子过得苦不堪言。他牢牢地控制着家里的经济权，可怜的玲玲，每次都要低声下气地问他要钱花，每天都要汇报每一分钱的去处。

老头每次给玲玲钱时，总是把钱重重地掷在桌子上，像是在施舍给叫花子，玲玲的处境还不如他们家的一条宠物狗。

老头子基本上丧失了性能力，玲玲的心灵和生理饱受着水深火热般的折磨。

去年中秋节玲玲想回村里，可她身上连单程车票钱都没有，终于含恨而去，上吊自杀了，做了个异乡孤魂，在空中飘呀飘呀，飘回故乡，去寻找她的母亲去了。老头把她火化后，立即把她的骨灰抛到大海，从此，玲玲的灵魂再也回不来了，她随着大海的波涛，越漂越远……

哀叹之余，菊花见到童年时一起打着哈欠流着鼻涕的花花，她阿狗阿猫说起童年的趣事，腆着肚子，喜眉喜眼，一副为人妻、为人母的恬和的幸福，喋喋不休老公、孩子、孩子、老公。

菊花的心微微一暖，微微一痛，噤若寒蝉。她想到自己被流掉的孩子。过往的一切，如同海市蜃楼，爱还未来得及相互取暖，所有的山盟海誓就如泡沫一样破灭，寂寂地飘零了。想到这，菊花苍白淡淡地笑了。

菊花离婚后，家诚还是分了很多财产给她，加上她打工多年的积蓄，菊花成了一个小富婆。

菊花在宁静的乡下，休息了一年，经过这一年的调养，她再不想到去城里。她想，在乡下搞点实业，挣点钱，给自己养老，这一辈子她都不想再恋爱和结婚了。

菊花的村里有一口古井，井里的水清澈见底，甘甜可口。一年四季，井里都雾气腾腾，有股浓浓的香味飘溢出来，袅袅上升，整个村子都像腾云驾雾，悬浮在其中。那香气像从青春少女身上散发出来的，幽雅氤氲，村里的人便给她取了一个名字：女儿井。

逢上村里人家办白喜事，都要披麻戴孝，三叩九拜，到那里敬拜。村里蓄着长长白胡须的老人都说那是圣水，喝了可避邪祛百病，甚至可以长命百岁。他们曾在夜间亲眼目睹有仙女成双成对，在井边翩翩起舞，饮酒吟诗。

据说，曾有一支外省的旅游团路过时，喝了此井水，赞叹不已。说简直可以与美酒媲美，与香水争辉，是一项待开发的资源。

菊花从小就喜欢香水，在清贫的童年里，香水是橱窗里珍藏着经典的梦，遥远缥缈。幼年时同母亲到镇上，扯着母亲的衣角，在香水橱窗旁久久不愿离开，母亲被菊花弄烦了，反手便给她一记耳光。

看什么看，那是有钱人的玩意儿，回去我给你抹雪花膏，菊花捂着火辣辣的脸庞，泪溢满眶。

母亲出门上街，走亲访友时偶尔会抹一点雪花膏，有种淡淡雅致的清香。母亲一出门，菊花便会将她的雪花膏翻出来，满满地抹了一脸，心儿乐得屁颠屁颠的。

菊花的脑海里突然冒出了一个念头，"制造香水"。

这口井被菊花买了下来，甘甜清冽的水一次次喷涌出来，它们被制成了各种各样的香水。菊花给它们起名，幽香型的叫香飘四野香水，淡雅型的叫宁静如水香水，还有一品香、二品香、三品香……但菊花厂里最高级的香水叫女儿香。菊花说它才是最纯情的东西，是从故乡里带出来的，只有它才能滋润人的肌肤，滋润人的灵魂。

菊花的香水销售得很不错，她的名声也因此大噪。

记者参观她的工厂时，菊花这样向记者解说香水。菊花说，女人，因闻香而问世，因嗅香而美丽，因涂香而魅力，因吃香而倾城。香水因女人而问津，因女人而倾情。喜欢不同牌子的香水的女人，往往具有不同的性情、不同的爱情观、不同的人生观。

香水还是心情、感情、性情的测试纸，不停地更换香水品牌的女人必是一个很浮躁也很多情的女人，或是受感情挫折过多，或是多愁善感型，多元复杂的女人。我就是这样的一个女人。

菊花带着记者去了她的卧室，指了指化妆台，台上摆放了不同品牌的香水。在如泣如诉的音乐里，她缓缓道来，在南方沧桑的故事一个个地飘出来。菊花浸洇在不同香水的氛围里，细细地体味着各种香味，品尝出它们独特的妙处。

菊花说，在我所有的香水里，只有女儿香是最适合我的，我终生只享用一种香水，那就是香香的女儿香，它最清纯、最高雅、最洁净，可是我的人生故事却再也不能像纯净的香水那样了。

菊花手里的烟也燃尽了，她若有所思地用烟灰在桌上写下几个字：女儿香，香香的女儿香。

女人说，岁月是在香水中蹉跎，香水有情岁月无情。

男人说，岁月是在酒杯中轮回，将爱情腌制成萝卜条，风干，想它时用香水下酒。

菊花说，香水是她整个人生的心路历程。

绻缱的香魂，涟漪的酒波，令山水皆醉。香水似一面镜子，沉淀着菊花苍老逝去的红颜。

第
18
章

远逝的往事

顺子有一天回到了家乡，他携带着自己的妻子和孩子，还没有到村口，他就闻到了香香的女儿香。那是他似曾熟悉的味道，他知道一定是菊花回来了。

他发了疯了似的往村里跑，山村最繁华的地方高高耸立起一家香水工厂，工厂的名字叫：菊花香水公司。他看到了菊花，菊花苍老许多，也成熟了许多。

两人默默地对视着。顺子的脸看上去有点森冷，像古代卫士的脸。菊花黑瘦的脸，像泥制的面具，嘴撮得小小的，小嘴一嘟一嘟的，似乎蕴藏着千言万语。她寂静的面庞上有一条筋在那里缓缓地波动着，时时在嘴角边掀腾着。

良久，良久，像过了几个世纪，像隔了几个时空。

顺子说，菊花，这些年来你过得好吗？

菊花说，顺子，这些年来我过得很好！你呢？

顺子说，菊花，我找了你好多年，我以为我以为……今生再也找不到你了，所以我就……结婚了。请你原谅我，以后有什么困难……尽量跟我说，我会帮助你的。

菊花说，顺子，我知道了，不需要你的帮助，我也祝福你的婚姻幸福美满，孩子聪明伶俐。顺子，有时间多到你父亲坟上，看看他老人家。

顺子来到父亲的坟前，他用锄头将坟头上的青草除得干干净净，然后叫人用水泥把整个坟墓修葺一新，他父亲的坟远远看上去，就像一座白色房子，像城里人的别墅，从此房顶上寸草不生，顺子终于给父亲安上了一个阔气的家。

摆好了酒菜，顺子拉着梦婉和孩子，三人齐刷刷地跪下去，给他的父亲磕头。猫头鹰站在树枝上静默着，菊花远远地站在后面看着，像看着自己的父亲。

芳草斜阳中上坟的人们，感到一阵最凄美的悲哀。

顺子离开坟地时，菊花轻轻地说，顺子，每年，我都会给你父亲上香烧纸钱的，他不会寂寞的，你就放心回城吧。

顺子本想在村子里多待上几天，梦婉却整天闹死闹活要回去，她用幽怨的目光望着曾经将她丈夫的心夺去的菊花。在这里的一分一秒对梦婉来说，都是刀绞，都是煎熬。她不愿意在这里多待一秒钟。

可顺子这次没听她的，像中了邪似的，白天就往菊花的工厂里跑，晚上就趴在窗户上静静地看着菊花的家，看她家的窗口泻出橘黄色的灯光，透露出的那种温馨，他又仿佛回到了少年时代，回到那段纯真的恋情……

梦婉越看越恼火，心刀绞般地疼痛。有一天晚上，梦婉拿出两把水果刀，寒光闪闪的，一把对准孩子，一把对准自己，说，顺子，过去的事情已经过去了，现在我是你的女人，你要是再不跟我回城，我和孩子就死在你的面前。

顺子无奈，只好闷闷不乐地回到了城里。

临走时，菊花看顺子的眼神很淡然、很平静；顺子看她的眼神很寂寞、很苍凉。菊花在顺子的世界里淡出淡进，顺子在菊花的世界里淡出淡进。

从那以后，顺子就像菊花心中一支未燃完的蚊香，越熏越香，越熏越苍凉。他是她唇边永远呓语着的名字，是红尘软舞中沉淀着那个彩虹似的梦，是心底再也不愿触及的梦。

菊花又想起了童年时期的顺子，她的记忆又闪回了那一幕幕……

菊花最记得有一次，顺子教她的那个顺口溜儿："对面的男崽屙巴巴，屙完不用纸来擦，提起屁股，就往对面墙上擦。"说完，又贴在她耳边，神秘兮兮地说，菊花，我叫你猜一个谜语，这个谜语你一定猜得出，答案和刚才那个顺口溜儿差不多。"一个橘子分成两瓣，你猜是女人身上的什么东西？"

菊花羞红了半山的杜鹃花，捂着潋滟涟漪的脸，跑开了。顺子追上来，气喘吁吁的，菊花，你以后就是我的小媳妇了，怕么子丑，以后，比这个羞的事情还多着，狠着嘞！谁说要做你的小媳妇了？不害臊！

嘿，你以前不是说过吗，又反悔了？咱们玩家家时，你总是扮我的新娘，这下，你可不要赖账哟，你要是敢要赖，我就揪你的小辫辫啰！那是扮家家，闹着玩的。什么闹着玩的，就是真的！从小，我就把你当成我的小媳妇，护着你，供着你。要不，你长得这么矮小瘦弱，早被那些野崽子们撕碎喂狗了……

菊花的脸若三月盛开的桃花，红嘟嘟，燃烧着火星沫儿，染透了山岗。菊花，我晓得，你心里正甜着哩，你骗得了我的眼睛，可你胸前的那两只大碗却骗不了我，瞧，晃悠悠，正乐乎着哩！将来有一天，我要把这两只大碗喂得圆滚滚的，专供我一个人享用。顺子坏坏地笑了，嘴角上淌着弯弯浅浅的溪流。

菊花羞怯地朝胸前一看，身上的汗水把两朵磨菇云衬托得一览无遗，一时羞得花枝乱颤。你坏，你坏，你这个大流氓，我不跟你玩了……菊花扭身就跑了，心里却美滋滋的。远处传来顺子滴溜溜圆滚滚的山歌：小妹子呀你真漂亮，好像春天的弯月亮……

菊花不开心时，顺子就会给她讲笑话，菊花想起那个好笑的笑话来。

菊花，别不开心了，我给你讲个笑话。有一个女生，她，她是武大郎的妹妹，特爱吃红烧肉，每次就餐排队，轮到她时，不是没了，就是残渣冷汤。于是她想出一个怪招，敲着饭盒，对着窗口高呼，喂，那个卖红烧肉的，我要嫁给你！此言一出，全场哗然，她却趁机穿过浩浩荡荡的队伍，冲到了窗口。卖红烧肉的小伙子乐了，你愿意给我做老婆？嗯。她把头点得像鸡啄米一样。只见小伙子大勺一挥，红艳艳的烧肉就进了她的饭盒，比平时多出几倍。她哈腰致谢，小伙子朝她暗语道，以后，你就不用排队，直接从食堂后门进来，天天我都给你留最好吃的红烧肉，不过，你，你以后就得给我做老婆……行，行，没问题，毕业后给你做老婆。女生嘴里咬着半块红烧肉，得意扬扬望着惊呆的那一条长龙，昂首阔步地走了。

后来，竟有一打馋婆纷纷效仿，小伙子招架不住了，对旁边卖青菜的小生说，我要不了这么多老婆，要不，批发几个给你？毕业后，当然没有一个女生嫁给那个卖红烧肉的小子，但这故事却成了校园的美谈。

菊花笑得前仰后合，然后，眼泪静静地流了出来，像蜡烛油一般，烫到她的脸上，升腾出一股烧焦的气味，就像爆米花的香味。

菊花的思绪又闪回了童年。

童年时，菊花最幸福的时光，就是顺子哥牵着她的小手，带上一斤大米，到村西头队长家里，打上一袋香喷喷的爆米花。他们家有打爆米花的锅子，只见锅底的火冒得丝丝丝响，不一会儿，轰的一声，香喷喷的爆米花从筒子里滚出来，菊花心里乐开了花。顺子用袋子把它装好，带回家。菊花的嘴里、口袋里塞得满满的。顺子笑道：大馋猫，看你呛得满脸通红，又没谁跟你抢，顺子保证一粒都不吃，只要菊花高兴，顺子把自己的心肝切下来，油炒、油煎、油炸给你吃都行。不，你得跟我拉勾，我才信你。好，我拉勾，嘿呀嘿，跟菊花拉钩上吊一百年不变……菊花乐呵呵地笑了。爆米花呀！爆米花呀！它的香津与甜腻，曾涎出菊花童年的口水，如今，却涎出了滚烫悔恨的泪水。一瞬间的温暖，一瞬间温柔交错着悲怆的痛楚。

菊花回忆的时光在反反复复地交错进行着。

童年时，那天，6 月 26 日。菊花终生难忘的一天。她蹲在地上玩耍，不知谁系了头牛在她家门前的树上。它欢快地将尾巴甩来甩去，噼里啪啦地响，激起了菊花强烈的好玩心，她想捉住它的尾巴，打吊吊。牛刚开始还只是甩了几下，想避开菊花的手，它越是退让，菊花的好斗心就越强，不抓到它的尾巴，她就不甘心。牛终于被菊花给惹火了，牛脾气上来了，转过头来，瞪着血红的眼睛，舞着两只牛角就向菊花冲过来。就在这千钧一发时刻，顺子看到了，他大喝一声：畜生，不准伤人！一个箭步，冲了过来。牛似乎愣了一下，又好像清醒过来。一瞬间，菊花已被顺子搂在怀里，牛舞了舞牛角，又向顺子冲了过来。顺子忙用胳膊去抵挡，被牛角戳出了一道口子，血汩汩而出，菊花吓得大哭起来。村民看到了，七手八脚把顺子和菊花从牛角里拉了出来。

在简陋的卫生院里，顺子捂着缠满绷带的胳膊，痛苦地呻吟……因为是夏天，绷带缠久了，怕化脓，顺子的父亲泡了一大脸盆茶水，再稍稍地放点盐，拆下绷带，轻轻地擦洗。只要菊花在顺子的身旁，顺子就咬着牙，一声不吭。从此，顺子的胳膊上便留下了一道永远的伤疤，它见证着菊花淘气的童年。

顺子呀，顺子，菊花真想跪倒在你的面前，去吻你胳膊上的伤疤，可是，菊花再也不能这样做了，顺子已经有了自己的女人。

第
19
章

青灯长相守

从此，今生今世，菊花都没有再见到顺子，顺子就像一朵凄艳的花儿开在菊花的心间。

菊花生命中的男人都匆匆地离菊花而远去了，他们就像一列疾驰而过的火车，呼啸着穿透菊花心空的隧道，最后了无踪影。

菊花的心情糟糕极了，她回想起那些年轻痛苦、仓皇的岁月，飞灰似的霏微的雨与冬天都走到她眼睛里面去，眼睛鼻子里有着涕泪的酸楚。

菊花再也无心经营香水公司，挣了再多的钱，给谁花呢？

不久后，菊花卖掉了香水公司，把她所有的积蓄都捐给了山村小学，校长再三恳求菊花当一名山村老师。

菊花抱着试试看的态度，走上了讲台，可是当她面对孩子们纯净的眼神时，她所有酸楚的往事一齐翻涌上来，她感到非常痛苦，她不敢面对孩子们天真无邪的眼神，这会让她想起自己夭折的孩子，玲玲抛弃的孩子。

菊花伤神地走下讲台，她朝窗外望了望讲台外的世界，白苍苍的天，像是玻璃窗上糊了层玻璃纸。水阴阴的冷，巴掌大的树叶，黄翠透明，远处稀稀拉拉地散落着房子，一缕缕炊烟袅娜地在空中升起。一只乌云盖雪的猫在屋顶上走来走去，只看见它黑色的背，连着尾巴像一条游动的黑色的蛇。

猫两盏冷漠的眼睛像人家楼上的电灯，与路人毫不相干。它慢慢地向菊花走过来，却不朝左看，也不朝右看，它就若无其事地从菊花的身边慢慢地走了过去。

菊花走下讲台，走到山上的寺庙里。

菊花的红尘姻缘也自顾自地走了过去。菊花仰面大笑，走了，不胡闹了，完了事了。

每天念完经，菊花爱站在寺庙顶上看月亮，昏黄昏黄的月亮，像玉色缎子上，刺绣时弹落了一点香灰，烧糊了一小片。菊花的眼睛就渐渐地糊模起来。

佛说，有因必有果。菊花在尘世匆匆地走了这么一遭，跋山涉水。梦已经倦了，心也倦了，只求一觉睡过去永远也不要再醒来，明日的黄花盛开成怎样的光景，她再也不须伤筋劳骨。在那个耳根清净的佛世里，菊花可以静静地躺在菩提树下，数着梦里的花有多少。

菊花上了山，遁入空门，孤灯长伴。在一间庙里，削发为尼。给自己取了一个法号：目空。从此解读尘缘，达到大彻大悟，摆渡成佛，泅渡苦海，超越世俗。

在"笃笃笃"的木鱼声中，袅娜的烟尘中，参禅悟道，菊花目空这红尘中喧哗的一切，目空五湖的飘零旧事，目空四海的浅薄渺小，去寻求宇宙的深渊博大，佛的浩如烟海。从此，身如琉璃、内外明澈、净无瑕秽。

多年后，菊花的父亲独自一人来到黑灯村，想找回她们母女俩。他站在青草萋萋的房屋前，望着空无一人的屋子，发着呆，然后，扑通一声跪了下来，叩了几个响头，然后一步一回头地走了。村子里的孩子好奇地看着他，那目光在他身后追随着，那一群群孩子，那一束束清澈淳朴的眼神，将他的心揪得生疼生疼，仿佛那些孩子就是他的女儿，就是女儿那天真无邪的目光，那目光将牵系他一生。

　　菊花的父亲把一生的愧疚都留在黑灯村里，他永远都不知道他的女儿当了尼姑，女儿也永远不知道当年父亲为什么要抛弃她们母女俩。

　　红尘有泪，菊花无泪。

第
20
章

盲人的餐馆

顺子心神不定地回到了城里，他又一次病倒了，他的另一只肾又出现了衰竭现象，只有再次给他换肾，才能从根本上解决问题。

梦婉急得像热锅上的蚂蚁，她只能又像上次一样，在互联网上发布求助信息，可是这次却久久没人回应。

梦婉找遍这座城市所有的媒体机构，把顺子的病情发布给整座城市。

日子一天天地过去了，两个月过去了，还是没有找到合适的肾源。

梦婉整日整夜以泪洗面，悲痛欲绝，最后竟然把眼睛哭瞎了。那情景就跟顺子他爹一样，人生竟是如同的相同，如此地折磨人，如此的苍凉彻骨。顺子感慨道。

顺子和梦婉的爱情事迹感动了整座城市。大家纷纷奔走相告，出力相助，四处奔波，为顺子寻找合适的肾源。

苍天有眼，顺子终于配到了合适的肾。而捐出这个肾脏的人，竟是个快要枪毙的犯人，他拒绝收顺子的一分钱。

犯人动情地说，我把自己的肾脏捐出来，以减轻我在这个世界上所犯下的罪过。希望每一位活着的人都健康快乐地生活着，平平静静地过日子，别想着去发什么大财。

今天，我把自己的肾捐出来，那么，我的生命就在顺子的体内延我遇见你续，我还是响当当地活在这个世界上，这种生命是那么阳光，再也没有罪恶感。我感到很高兴，很自豪。

梦婉跪在犯人的面前，叩了三个响头，谢谢你呀，谢谢你呀，你真是个好人，你真是个好人呀……以后，每年的清明节，我和顺子都会去你的坟头给您叩头谢恩的，一定会的。

顺子的病治好后，他带着梦婉四处求医，想治好她的眼睛，可是，最终没有治好她的眼睛。

梦婉为了顺子，永远失去了光明。

顺子把梦婉的母亲接到南方，梦婉的母亲叫周运秀，她早已被月色渲染上斑斑的白霜。

周运秀到家的第一天，顺子买了一大袋水果回来，他亲手削了一个苹果给岳母吃，运秀摇了摇头，说，我要吃有皮的，这个你自己吃吧！运秀小口小口地啃着苹果，显得很腼腆。嘴巴张开来，顺子发现她左侧、右侧缺了好几个牙齿。运秀小心翼翼地把苹果一会儿放在右边咬，一会儿又移到左边，顺子的鼻子酸酸的。吃完苹果，顺子把自认为不能再吃的苹果扔在地上。运秀将它拾起来，放在水里洗干净，擦了擦，又继续吃起来。顺子一把夺过来，娘，这苹果不能再吃了，袋子里还有很多很多。运秀淡淡地说：还可以吃的，娘一个乡下人，哪有这么娇贵！那个苹果除核外，运秀全吞了进去，那一刻，顺子羞愧得难以自容。

晚上，运秀看到顺子的袜子上有一个破洞，她戴上老花镜穿针，穿了好几次，针都穿不进去。顺子拿起针一下就穿进去了，母亲长长地叹了一口气：唉，我老了！顺子说，娘，我自己来补吧！不，不要，娘轻易不到这边来，就让娘为你做点小事，娘大事做不了，娘老了……娘……娘……

顺子说，娘，从今以后，这里就是你永远的家，你再也不用回去了，我们养您一辈子。运秀的眼睛里充盈着碧清的泉水，痒痒的，像蚯蚓在里面爬动，渐渐地看不清顺子和梦婉了。刹那间，一股热流从她胸膛中喷涌而出。

运秀说，不，我不能在这里久住，梦婉的父亲还在家里盼着我早日回去。

梦婉说，娘，继父对你又不怎么好，你就别回去了，一辈子都住在这里，帮我们带孙子，享受天伦之乐。

运秀说，梦婉，什么好不好的，少年的夫妻老来的伴，我不陪他谁陪他，他连孩子都没有了。我不回去，他一个人孤零零地守着空洞洞的老房子，又有什么意思呢？我和他夫妻一场，就应该同他共甘苦。

一提到那个流产的孩子，梦婉不知说什么为好，鼻子里像被辣椒油呛过似的，火辣沉闷。

顺子做出一个惊天动地的举动，他花光了他所有的积蓄，在城市的最中心开了一家盲人餐馆。餐馆的名字叫"思恩餐馆"，餐馆里除了供应一日三餐外，还兼卖各种糕点、咖啡、茶等。可谓丰富多彩，应有尽有。

"在伸手不见五指的环境里用餐是什么感觉？让消费者体验与众不同的就餐感受，走进盲人的世界"，是思恩餐馆的最大卖点，也是它的广告词。

思恩餐馆的整体结构分为亮光区、过渡区和进餐的暗区。亮光区是前台收银、顾客点餐、存放物品和等候休息的地方。在进入餐厅的暗区之前，餐厅的服务员要求顾客将手机、夜光表、打火机、手电筒等一切能发光的物体寄存在前台，以让餐厅内保持"绝对的黑暗"。就餐的顾客在一个戴着夜视镜的服务员的引领下，穿过光线较暗的过渡区进入就餐区。

就餐区黑乎乎的一片，伸手不见五指，见不到盘中餐，更见不到对面的人，很多菜品都需要带着餐用手套摸索着吃。

思恩餐馆里的背景音乐全是悠长清亮的笛声，缭绕的音乐烟尘，如泣如诉，一串串的乡音、乡愁，化成一缕缕的思念，化成一缕缕的炊烟，从一个个圆孔里遥遥地飘来，仿若一道道鞭子，一鞭一鞭抽打着游子的心，温暖着这座城市。

在思恩餐馆里的打工者大多数都是盲人，他们的薪水要比一般的餐馆高出一倍。

来这里用餐的大多数是盲人，也有一些来体验新奇刺激的情侣们。来这家餐馆用餐，菜很丰盛、很卫生，价格却很便宜、很实惠，很受顾客的青睐。

思恩餐馆最有特色的几道主菜，分别都有着模糊但又美丽的名字。在"瞎子摸象"的菜系里，有一道名为"柔情似水"的菜。这道菜是由6种原材料制作而成，戴上手套把菜放在嘴里品尝，如果能分辨出其中4种原材料，说明你还没有失去味觉；如果能说出其中5种，说明味觉比一般人灵活，会受到很多异性的喜欢；如果6种都说出来，说明你已经不是一般人了。

在"情侣套餐"里，有一道名为"情丝万缕"的菜，这道菜是用极长极长的粉丝做成的，一个人用筷子夹，很长很长的，是送不到嘴的，只有两人齐心协力，把粉丝弄断，才能送到嘴里。这道菜，也可以不弄断粉丝，两人用筷子压住粉丝，一人吃一边，粉丝吃完了，两人的嘴唇也就自然吃到一起，再也分不开来，在黑暗中相吻，是不用怕被人看见难为情的，情侣一般都选择这种新鲜的吃法。

梦婉从此不再寂寞，她有许多盲人朋友陪伴着她，有疼爱她的母亲，有挚爱她的顺子哥。她的脸上整天挂着甜蜜的笑容。

一个陈旧落寞的黄昏，飘着淡淡的小雨，有一对白发苍苍的盲人夫妻迈进思恩餐馆。他们要了两杯冰冻咖啡，在渐已褪色的黄昏景致里，他们靠着街面窗口，街灯如昼，流露出疲惫和忧伤，恍恍惚惚的人影浮光掠影般飘过。老汉微微笑着，摸索着，替妻子慢慢地搅动杯中的冰块，发出细微的咔嚓声。妻子温柔的眼神，仿佛在静静地注视着那双手，她默默不语，脸上泛起少女般的微红，竟有点腼腆。

　　那一刻，顺子的泪慢慢滑落下来。此时，大家静静地低饮着，浸染在旧事的烟尘中。看着这对宁静幸福的老人，顺子突然明白了许多，平平淡淡才是真，幸福是掩饰在生活微妙琐碎的小事中，慢慢地咀嚼，才能品其之真味。

　　顺子曾听梦婉讲过一个浪漫的传说：在北极生活的人，说出的话凝结成冰，只有把它带回家，放在火炉上慢慢烤，才能听得真切、贴耳、贴心。

　　在思恩盲人餐馆里，丧失了视觉之后，人内心的恐惧感会增强，从而对周围人产生依赖感和信任感，人与人之间的交流会更加真诚。

　　摸黑吃饭的感觉挺新鲜、挺刺激。在这里，人们可以放弃一切伪装的面具，赤裸裸地面对自己、面对亲人、面对朋友，坦坦荡荡的。在这里，吵架的情人又和好如初，重新找回初恋的感觉；准备离婚的夫妻放弃离婚的念头，又重新找回新婚的甜蜜；在这里盲人找到了家的感觉、家的温暖，他们享受到了最贴心最细微的服务。整个餐馆就像是一家人，其乐融融。

　　盲人们、正常人在这里用餐时，他们真实地体会到了在困难中，互相帮助、相濡以沫的感觉，他们觉得自己是如此离不开家人，离不开朋友，离不开亲情、友情、爱情。他们在黑暗中帮助着别人，同时也在帮助着自己。

　　思恩盲人餐馆新奇的创意吸引了大批顾客，一时名声大噪，客人蜂拥而来，许多外国游客闻讯后，千里迢迢地赶到这里用餐，体验着新奇、新鲜和刺激。很多顾客都把盲人餐馆当成自家的第二个食堂了。

思恩盲人餐馆的客人如潮水般涌来，几乎天天爆满，人们用餐都需要提前半个月订座位。

为了顾客的安全考虑，思恩盲人餐馆采用单行道形式。从一个门进来，另外一个门出去，里面还有两个安全出口，是专门为紧急状况下疏散顾客准备的。此外，餐区里设有两级照明系统，有服务人员守在开关前，万一人顾客突发疾病或者出现其他情况，服务人员会及时打开能发出微光的一级照明灯系统，如果有必要再打开能发出亮光的二级照明系统。

顺子再一次成为这座城市的名人，当记者采访顺子时，顺子总是流着泪说，这家餐馆，我是为我爹、梦婉、菊花开的，为两位曾经为我捐过肾的男人，为每一位帮助过我的人开的。我欠他们太多，太多，这辈子都报答不完……

这座城市依旧车水马龙，蓝天上飘着朵朵的白云，街上卖笛子的人沿街吹着笛子，尖柔扭捏的少数民族歌曲，一扭一扭地从笛孔里出来了，涨大了，内中有种幻境，像蛇一般地舒展开来，后来因为太瞌睡，终于连梦都香甜地睡去了。

城市的内心处静悄悄的，一片安宁祥和，这就是一座城市的真实的心髓，就像思恩盲人餐馆。

第
21
章

佛界的孩子

菊花所居住的那座寺庙，处于山顶，群山众默，天穹邈远，雾霭烟横，大气盈盈，杂草在蓝天下寂寞地绿着，石头在风霜的抚爱下，渐显光泽，渐见灵性。一座座大山，仿若一张张生命的禅床，搭起千秋的禅梦。绵绵不绝的香客，长蛇般地蠕动，燃一炷黝绿的香，烧上冥钱，合着手掌，朝圣般地膜拜着，借佛的悲悯与仁慈，救赎净化尘埃的灵魂。整个山顶，紫烟袅袅，悄无声息，冉冉飘向亘古沉寂荒凉的远方，燃烧的余烬，还在未曾熄灭的余温里自伤和自慰着，古庙内的灯火，忽明忽暗，似变幻莫测的人生，悠远的钟声，经久不息地长吟着，响彻着历史的足音，叩问着过来人的漂泊与沧桑。

菊花在寺庙里平静地过着日子，享受深深浅浅的寂寞，浓浓淡淡的快乐，没有缠绵的情，没有彻骨的恨，简简单单，平平淡淡。她掐捻着脖子上的一粒一粒的佛珠，犹如在普度每一个白天与黑夜。每天与她做伴的青灯、古寺，还有那永不停息的"笃笃笃"的木鱼声，那无牵无挂虚无的佛界。

寺庙里的安宁平静，却被几个弃婴打破了。那天菊花一大早起来，打扫院落，她看到门口放着一个大包裹，她的心一愣，跑过去一看，原来是一个女婴，女婴的脸色潮红，均匀地呼吸着，她睡得很香甜，红扑扑的脸蛋可爱极了，包裹里放着孩子的生辰八字。菊花的心头一酸，她回想自己夭折的孩子，玲玲夭折的孩子。

菊花毫不犹豫地把孩子抱起来，急匆匆地跑向住持。住持打着莲花座，双手合十，阿弥陀佛，大慈大悲的菩萨，让我们收养这个可怜的孩子吧。菊花做了这个孩子的母亲。

后来，寺庙门前的弃婴越来越多，有身体残疾的，也有健康的女婴。一年下来，竟有20来个。菊花把她们全收养起来，无微不至地照顾她们，她成了20多个孩子的母亲，靠着香火钱和好心人士的捐助，把她们一一带大，并专门请了一个老师，给她们上课。

从此，寺庙里多了孩子们朗朗的书声和笑声，孩子们健康快乐地成长着。

寺庙的名气越来越大，收养弃婴的事迹传开来，震惊海内外，一时传为美谈。人们纷纷捐钱捐物，支援着这座充满着温暖和爱心的寺庙。

香港一家知名电视台闻讯，千里迢迢地赶到寺庙，采访了菊花。

面对镜头，菊花只是淡淡地说了一句话，佛说，活在这个世上，因为懂得悲苦，所以更懂得慈悲，人做了善事，才不枉在这世上走一遭。

电视台播放这个镜头时，背景音乐《感恩的心》的旋律缓缓地流淌着，流进每一个人的心尖，感动着每一位观众。

在闪烁的泪光中，在蓦然的回首中，菊花想起一首诗来，她轻轻地吟唱着。

无论走在哪里/都是花开的声音/牧人把种子撒向原野/哪一枝花/不愿笑对灿烂的爱情/走向远方/以花开的姿态/流浪是一种细节/在雨露的吻里/我拼命地拔节/这是一座城市/我在城市的边缘里活着/粮食是什么/书是我的爱人/我的爱人活在明天的大地上